KB158040

인생의 물음표를 느낌표로 바꿔 주는
선승과 필부들의 짧은 이야기 모음

시바 싱
(Shiva Singh)
지음

추미란
옮김

불광출판사

헌사

힘들 때 나를 지켜 주고

언제나 나를 이해하고

내 옆에 있어 주는

내 단 한 사람에게 이 책을 바친다.

차례

I

행복한 물고기

강가를 걷던 장자(莊子)와 그의 친구가 잠시 멈추고 강물을 사색했다.

"이 물고기들 좀 보게나, 참 행복해하는군!" 장자가 말했다.

"자네가 그걸 어떻게 아나?" 친구가 이의를 제기했다. "자네는 물고기가 아니니 물고기에게 무엇이 행복인지 알 수 없잖나?"

"자네도 내가 아니지!" 장자가 말했다. "내가 이 물고기들이 행복한지 아닌지 알 수 없다고 자네는 과연 주장할 수 있는가?"

젠카이의 동굴

2

사무라이의 아들로 태어난 젠카이(禪海, 1691~1774)는 어느 지체 높은 관료의 오른팔이 되고자 일찍이 에도로 향했다. 그런데 그만 그 관료의 부인과 사랑에 빠지고 말았고, 사실을 안 관료가 추궁하자 그는 실수로 관료를 죽이고 말았다. 젠카이는 과부가 된 부인과 함께 도망쳤다.

도망길에 둘은 도둑질까지 해야 했는데 그 과정에서 점점 탐욕스러워지는 부인을 보고 젠카이는 자꾸만 혐오감을 느꼈다. 결국 부인을 떠난 젠카이는 긴 방랑을 시작했고 부젠(豊前) 지방으로 가 탁발승이 되었다.

젠카이는 살면서 좋은 일을 하나 완수하는 것으로 참회하리라 결심했다. 부젠에는 가파른 협곡을 따라 난 좁고 위험한 길이 하나 있었는데, 사람들이 협곡 아래로 떨어져 크게 다치거나 죽는 사고가 자주 발생했다. 그래서 젠카이는 사람들이 돌산 허리를 가로지를 수 있게 암반을 파서 동굴을 만들기로 했다. 그렇게 수년 동안 낮에는 탁발하고 밤에는 암반을 뚫는 고된 일을 계속했다.

시작한 지 30년 만에 동굴은 높이 6미터, 너비 9미터, 길이 7백 미터에 달했다. 동굴이 완성되려면 두 해 정도 남은 그때, 젠카이가 죽였던 고위 관료의 아들이 젠카이를 찾아냈다. 검술의 대가가 된 관료의 아들이 복수하고자 오랜 세월 젠카이를 찾아다녔던 것이다.

"내 목숨은 기꺼이 내놓겠네." 젠카이가 말했다. "다만 이 일만 끝내게 해 주게. 이 동굴이 완성되는 날 나를 죽이는 것으로 복수하게나."

관료의 아들은 기다리기로 했다. 그렇게 몇 달이 흘렀고 젠카이는 묵묵히 동굴을 파나갔다. 기다리기만 하기엔 한없이 무료했으므로 관료의 아들도 어느새 젠카이를 도와 동굴을 파기 시작했다. 그렇게 일 년 정도 지나자 관료의 아들은 젠카이의 강한 기질과 의지력에 감탄하기 시작했다. 마침내 동굴이 완성되었고, 이제 사람들이 안전하게 왕래할 수 있게 되었다.

"내 일은 끝났네." 젠카이가 말했다. "이제 내 목숨을 거둬 가게나."

"어찌 스승의 목에 검을 겨눌 수 있겠습니까?" 젊은이는 눈물을 흘리며 말했다.

당신이 살았던 곳의 사람들은 어땠소?

옛날에 어떤 사람이 살던 곳을 떠나 이사를 했다. 이 사람은 앞으로 고향이 될 그곳이 살기 좋은 곳인지 궁금했으므로 그곳에 사는 선사를 찾아가 물어보기로 했다.
"제가 이곳을 좋아하게 될까요? 이곳 사람들은 어떤가요? 친절한가요?"

"당신이 살았던 곳의 사람들은 어땠소?" 선사가 물었다.

"사악하고 탐욕스럽고 서로 싸웠지요. 틈만 나면 배신과 도둑질을 일삼았어요." 새로 이사 온 사람이 대답했다.

"이곳 사람들도 꼭 그렇다는 걸 보게 될 것이오." 선사가 말했다.

또 다른 어떤 사람도 그 선사를 찾아 똑같은 질문을 했는데, 그때도 선사는 그에게 되물었다. "당신이 살았던 곳의 사람들은 어땠소?"

"서로 존중하고 배려하며 조화롭게 살았습니다." 이주자가 말했다.

"이곳 사람들도 꼭 그렇다는 걸 보게 될 것이오." 선사가 대답했다.

4 복을 누리는 글귀

어느 날 부자가 선사를 찾아가 가족이 잘 살 수 있도록 글귀를 하나 써 주십사 했다. 대대손손 복을 누리게 해 줄 글귀면 더할 나위 없겠다고 했다. 그러자 선사는 커다란 종이를 한 장 꺼내 적었다. "아버지 죽고 아들 죽고 손자 죽는다."

그 글을 읽고 부자는 불같이 화를 냈다.

"내 집안이 대대손손 복을 누리며 잘 살 글을 써 달라고 했는데 이런 끔찍한 말을 써 주는 것이오?"

"아니, 아들이 당신보다 먼저 죽으면 좋겠소? 그럼 가족의 고통이 얼마나 크겠소?" 선사가 말했다. "손자가 아들보다 먼저 죽으면 좋겠소? 그 또한 얼마나 큰 고통이겠소? 하지만 내가 썼듯이 순서대로 떠난다면 이것이야말로 잘 사는 것이고 자연의 섭리이고 진짜 복이오."

타락한 제자를 선택한 스승

대선사 반케이(盤珪永琢, 1622~1693)의 명상 지도를 받기 위해 일본 전역에서 학생들이 몰려왔다. 그런데 수업 도중에 한 학생이 도둑질을 하다가 들켰고 반케이에게도 그 보고가 올라갔다. 그런데 반케이는 그 학생에게 아무런 주의도 주지 않았다. 그 며칠 후 또 똑같은 일이 일어났고 이번에도 같은 학생의 짓이었다. 반케이는 이번에도 아무 일 없었던 듯 그 일을 무시했다. 그러자 동요하고 분노한 학생들이 반케이에게 그 학생을 쫓아낼 것을 청원했다. 반케이가 그렇게 하지 않는다면 모두 수업을 거부하기로 했다.

청원서를 읽은 반케이가 학생들을 불러모아 말했다.

"형제들이여, 자네들은 옳고 그름의 차이를 잘 알고

현명하네. 자네들 모두 다른 곳에서도 계속 배울 수 있네. 하지만 이 불쌍한 형제는 옳고 그름을 모른다네. 나마저 이 형제를 내친다면 다른 누가 이 사람을 가르치겠는가? 그리하여 나는 비록 자네들이 다 떠난다 해도 이 학생을 쫓아내지 않기로 했다네!"

타락한 학생의 뺨에 눈물이 흘렀다. 그는 이제 더 이상 아무것도 훔치고 싶지 않았다.

늙은 궁수

6

옛날에 기술은 좋았지만, 자만심 또한 못지않게 강한 젊은 궁수가 있었다. 젊은 궁수는 활 쏘는 기술이 남다르다는 어느 노선사에게 도전장을 냈다. 뛰어난 기술 덕분에 젊은 도전자는 백발백중이었다. 첫 화살이 가볍게 과녁 중앙에 가 꽂히면 두 번째 화살은 첫 번째 화살을 쪼개며 역시 중앙에 가 꽂힐 정도였다.

"어디 저와 견줄 만할 것 같습니까?" 젊은이가 노선사에게 거만하게 물었다.

대답 대신 늙은 선사는 산꼭대기를 가리키며 자신을 따라오라고 했다. 몇 시간 산을 오르자 둘은 깊은 협곡 위에 다다랐다. 깊은 협곡을 사이에 두고 늙은 나무의 줄기 하나가 협곡 양쪽으로 걸쳐진 채 바람에 흔들리고 있었다. 선사는 조금의 흔들림도 없이 그 나무줄기 중앙으로 가서 서더니 먼 곳에 있는 나무를 향해 화살을 쏘았고 화살은 바로 그 나무의 중앙에 가 꽂혔다.

"이제 당신 차례요." 선사가 안정적인 발걸음으로 다시 암반 끝으로 돌아온 후 평온한 목소리로 말했다.

발아래 입을 떡 벌리고 있는 협곡을 본 젊은 궁수는 온몸을 떨었다. 먼 곳의 나무를 맞추기는커녕 협곡 양쪽 꼭대기에 걸쳐져 있는 그 나무 위로는 한 발자국도 나아가지 못했다.

그런 젊은 궁수를 지켜보던 노선사가 말했다. "자네는 활은 잘 알지 몰라도 활을 쏘는 그 머리에 대해서는 별로 아는 게 없군 그래."

완벽한 인생

어느 날 사찰에 중요한 손님들이 온다는 통지가 왔다. 그 즉시 주지는 정원 일을 시작했다. 잡초를 뽑고 크고 작은 나무들의 가지를 정돈하고 심지어 이끼에 빗질까지 했다. 가을이라 흩어져 있던 마른 낙엽들도 잘 쓸어 모아 단정한 무더기를 만들었다.

옆 마당에서 노승 한 명이 그런 주지를 쭉 지켜보고 있었다. 중차대한 일을 다 마친 듯 주지가 만족스럽게 웃으며 노승 쪽으로 몸을 돌렸다. 그리고 물었다. "이제 정말 아름답지요?"

"네 그렇네요." 노승이 대답했다. "그런데 아직 문제가 하나 있네요. 내가 이 벽을 넘어 그곳에 갈 수 있게 좀 도와주시오. 그럼 내가 당신을 위해 그 문제를 바로 잡으리다."

주지가 어리둥절해하며 시키는 대로 했다. 그러자 노승은 천천히 주지의 정원 한가운데 있는 나무로 향했다. 그다음 나무 몸통을 두 손으로 움켜잡는가 싶더니 그 노랗고 빨간 이파리들이 다 떨어지도록 힘차게 흔들어 댔다. "좀 낫군! 또 좀 도와주시오. 이 벽 좀 타고 넘어가게."

오른쪽인가? 왼쪽인가?

십 년 수련을 마친 스님이 수련 교사 자격을 얻었다. 그 성과도 알릴 겸 스님은 옛 스승을 뵈러 갔다. 어느 비 오는 날이었다.

집 안에 들어서는 스님을 맞이하며 고승이 물었다.
"신발과 우산은 밖에 벗어 두었는가?"

"네." 스님이 대답했다.

"그렇다면 말해 보게나." 고승이 말했다. "우산은 어느 쪽에 두었나? 자네 신발의 오른쪽 아니면 왼쪽?"

스님은 대답할 수 없었고 수련 교사가 되었음에도 여전히 모든 것을 알아차리지 못함을 깨달았다. 그래서 그곳 스승 아래 머물며 다시 십 년을 배웠다.

화도 공(空)이오?

젊은 수련자 야마오카 테슈(山岡鉄舟, 1836~1888)는 선사들을 찾아다녔다. 그러던 어느 날 쇼코쿠(相国寺)의 도쿠온(荻野独園, 1819~1895)을 찾아갔다.

자신이 배운 것을 보여 주고 싶은 마음에 들뜬 야마오카가 말했다. "우리 정신, 붓다, 지각하는 존재 … 이 모두 사실은 존재하지 않습니다. 모든 현상의 본성은 공(空)입니다. 깨달음도 미혹도 중도도 없습니다. 주는 것도 없고 따라서 받을 것도 없습니다."

도쿠온은 아무 말 없이 대나무 담뱃대로 피우던 담배만 계속 피웠다.

그러다 갑자기 그 담뱃대로 야마오카의 머리를 내리쳤다. 젊은 수련자는 벌떡 일어나더니 입에 거품을 물며 화를 냈다.

도쿠온이 물었다.

"아무것도 없다면 그 화는 어디에서 오는 것이오?"

노인의 진정한 본성

어느 노인이 강가에서 참선 중에 눈을 떠 보니 전갈 한 마리가 물에 빠져 허우적대고 있었다. 그러다 마침내 소용돌이치는 물결이 전갈을 노인이 앉아 있던 강가로까지 데리고 왔다. 노인은 강 속으로 뻗어 있는 나무를 한 손으로 꽉 잡아 중심을 잡고 다른 한 손을 펼쳐 그 피조물을 도와주려 했다. 그런데 손가락이 닿자마자 전갈은 독침을 쏘았다.

노인은 본능적으로 손을 뺐다. 하지만 몇 분 후 평정심을 되찾은 노인은 다시 손을 뻗어 전갈을 구하려 했다. 이번에 전갈은 더 강하게 독침을 쏘았다. 노인은 그곳에 나뒹그러져서는 피가 나고 퉁퉁 부어오른 손을 잡고 괴로워했다.

지나가던 나그네가 그 모든 것을 지켜보다가 말했다. "대체 생각이 있으시오? 멍청이거나 미치지 않고서야 저 사악하고 나쁜 녀석을 구하겠다고 자기 목숨을 내놓는 사람이 어디 있단 말이오. 그러다가 죽을 수도 있다는 것 모르오?"

노인은 여전히 누운 채 고개를 돌려 나그네를 보더니 평안한 표정으로 말했다. "이보시오, 독을 쏘는 것은 전갈의 본성이오. 그렇다고 도와주고 싶어 하는 내 본성을 바꿀 수는 없지 않겠소?"

그렇게 둘 다 본성에 충실했던 것이다.

보람 없는 행동

세 스님이 강가에 앉아 깊은 명상에 들어 있었다.

그런데 첫 번째 스님이 일어서더니 말했다. "내 방석을 깜빡했군." 스님은 강 위를 걸어 호수 반대편에 있는 자신의 오두막으로 갔다.

첫 번째 스님이 돌아오자 이번에는 두 번째 스님이 말했다. "방금 생각났는데 빨래를 해 놓고 널지를 않았네그려." 그래서 두 번째 스님도 건너편으로 유유히 사라졌다가 좀 지나서 같은 길을 걸어 돌아왔다.

그런 두 스님을 꼼짝하지 않고 지켜보던 세 번째 스님은 두 스님의 그런 행태가 자신의 능력에 대한 시험이라고 믿게 되었다. 그래서 선언하듯 말했다. "그러니까 자네들은 나보다 한 수 위라고 생각하는 게로군. 그럼 한 번 보시게나!" 세 번째 스님은 당당하게 강으로 걸어갔다. 그리고 강물 속으로 한 발 한 발 내디뎠다. 강물이 허리까지 차오를 때까지 ….

실망한 세 번째 스님은 돌아 나왔다. 그리고 다시 물속으로 들어갔다 나오기를 반복했다. 아무 보람도 없이 … 다른 두 스님은 그 공연을 한동안 말없이 지켜보다가 한 스님이 다른 스님에게 말했다. "돌다리가 어디에 있는지 말해 줘야 하지 않겠나?"

해결할 수 없는 문제

료칸(良寬, 1758~1831) 선사가 방금 폭풍우가 지나간 해변을 걷고 있었다. 밀물에 쓸려온 불가사리 수백 마리가 뜨거운 햇살에 다들 조금씩 죽어 가고 있었다.

료칸 선사는 불가사리를 한 마리씩 주워 다시 바다로 던져 주었다.

그러고 있는 료칸 선사를 보던 어부가 다가와 물었다. "뭐하러 그러시오? 폭풍우가 지나고 나면 늘 있는 일이지 않소? 그런다고 다 구할 수도 없고 결국 바뀌는 건 아무것도 없지 않나 말이오?"

"이 녀석한테는 많은 것이 바뀌겠지요." 또 다른 불가사리 한 마리를 구해 바닷속으로 던지며 선사가 말했다.

12

13

생사가 지척이어도 쾌락을 못 버린다

한 남자가 들판을 걸어가는데 갑자기 멀리서 호랑이 한 마리가 휙 지나갔다. 죽음의 공포를 느낀 남자는 냅다 도망가기 시작했다. 하지만 남자를 먹잇감으로 본 호랑이도 뒤쫓아왔다. 결국 남자는 벼랑 끝으로 몰렸고 이제 호랑이 밥이 되겠구나 할 때 땅끝에 매달려 자란 넝쿨을 보았다. 남자는 넝쿨을 두 손으로 잡고 낭떠러지로 몸을 날렸다.

이제 호랑이는 남자 위, 벼랑 끝을 왔다 갔다 하며 으르렁댔다. 그런 한 치 앞도 볼 수 없는 상황에서 아래를 보니 저 아래 낭떠러지 끝에서 다른 호랑이 한 마리가 또 고개를 쳐들고 으르렁대며 그를 노려보고 있었다. 남자는 온몸에 소름이 돋았지만, 넝쿨을 더 꼭 잡았다. 아래에 있는 호랑이의 저녁밥이 되지 않으려면 그럴 수밖에 없었다. 그리고 이보다 더 최악이 있을까 생각했다.

그때 남자 위 암반 틈 사이에서 쥐 두 마리가 기어 나오더니 넝쿨을 갉아 먹기 시작했다. '이제 정말 이렇게 죽겠구나….' 그런데 바로 그때 옆의 작은 바위 돌출부에서 자라고 있던, 과즙 넘치는 커다란 딸기 하나가 남자의 눈에 들어왔다. 남자는 한 손으로 넝쿨을 잡고 다른 한 손으로는 그 예쁘고 달콤한 과일을 따서 먹었다. '아휴 어찌나 달던지!'

14 큰 파도

옛날에 '큰 파도'라는 뜻의 이름을 가진 유명한 격투기 선수가 살았다. 이 선수는 힘이 특히 셌고 격투 기술이 뛰어났다. 연습 시합 때는 심지어 스승까지 제압했다. 그런데 공식 시합에만 나가면 불안한 마음과 부끄러움 때문인지 심지어 자신이 가르치는 학생에게조차 패대기를 당했다.

그래서 속을 끓이다가 절에 가서 조언을 듣고자 했다. 절의 지혜로운 스님은 이렇게 조언했다.

"당신의 이름이 '큰 파도'가 아니오? 우리 절에서 하룻밤 지내면서 자신이 물이라고 상상해 보시오. 당신은 이제 더 이상 불안에 떠는 격투기 선수가 아니라 땅을 휩

쓸어버리는 '큰 파도'요. 내 말대로 하시오. 그럼 앞으로 절대 지지 않을 것이오."

그렇게 말하고 스님은 격투기 선수를 혼자 남겨 두고 어디론가 가버렸다. 선수는 조용히 앉아 자신이 물이라고 상상해 보았다. 자꾸 딴생각이 들었지만 얼마 지나지 않아 물의 힘을 점점 더 강하게 느낄 수 있었다. 밤이 깊어 갈수록 파도가 더 높아졌고 더 거세졌다. 그리고 절에 핀 꽃들을 다 쓸어버리는가 싶더니 앞마당의 조상들보다 더 높이 치솟았다. 그리고 날이 새기도 전에 그곳 절은 이미 밀물과 썰물의 끝없는 승부의 장이 되었다.

아침에 스님이 돌아와 보니 격투기 선수는 얼굴에 부드러운 미소를 품은 채 깊은 명상에 들어 있었다.

스님이 선수의 어깨를 쓰다듬으며 말했다. "이제 당신은 더 이상 불안하지 않을 것이오. 그 원초적인 힘이 바로 당신이오. 이제 당신을 가로막는 것은 무엇이든 제압하시오."

그리고 바로 그날 선수는 중요한 대회에 나갔고, 이겼고, 그때부터 지는 법이 없었다.

천당과 지옥

"저는 천당과 지옥에 대해 알고 싶습니다. 이것들이 정말 있나요?" 어느 사무라이가 하쿠인(白隱慧鶴, 1685~1768) 선사에게 물었다.

그 무사를 가만히 보다가 하쿠인이 되물었다. "누구시오?"

"저는 사무라이입니다." 무사가 자랑스럽다는 듯 선언했다.

"푸후!" 하쿠인의 입에서 조롱이 터져 나왔다. "그렇다면 천당과 지옥 같은 대단한 문제를 당신이 과연 이해할 수 있겠소? 둔해 빠지고 조악한 무사 주제에 … 쓸데없는 말로 내 소중한 시간 낭비하지 말고 당장 꺼지시오." 하쿠인은 소리를 지르더니 짜증 나는 모기를 내쫓듯 손을 흔들었다.

무사는 머리끝까지 화가 치밀었다. 그런 모욕은 도저히 참을 수 없었으므로 무사는 당장 명예를 되찾고자 검을 뽑았다. 그러자 하쿠인이 기다렸다는 듯 아주 부드러운 목소리로 말했다. "그것이 바로 지옥이오."

사무라이는 얼떨떨해하다가 곧 안온한 표정이 되었다. 하쿠인의 지혜 앞에서 한없이 겸손해져서는 뽑았던 칼을 다시 넣은 후 선사 앞에서 무릎을 꿇었다.

"그리고 그것이 바로 천당이오." 이번에도 하쿠인이 부드럽게 말했다.

15

두 마리 토끼

무술 훈련생이 뜻한 바가 있어 훈련을 끝내고 다시 스승을 찾았다. "이 무술에 더 능하고 싶습니다. 그래서 지금 스승님과 훈련하는 것 외에 따로 뵙고 또 다른 기술도 익혀야 할 것 같습니다. 스승님 의향은 어떠신지요? 좋은 생각이 아닐는지요?"

스승이 대답했다. "두 마리 토끼를 잡으려다가는 결국 한 마리도 못 잡는 법이다."

발이 없고 바람이 안 분다면

젊은 수행자가 절에서 필요한 채소를 사려고 장터로 가는 길이었다. 그 길에서 가끔 본 적이 있는, 근처 다른 절의 수행자를 만났다.

"어딜 가나?" 젊은 수행자가 다른 절의 수행자에게 물었다.

"발길 닿는 대로 가네." 왠지 남다른 데가 있는 그 다른 절의 수행자가 무심하게 대답했다.

우리의 젊은 수행자는 그 말이 대체 무슨 뜻일까 곰곰이 생각해보았다. 분명 무언가 깊은 뜻이 있을 것 같았다. 그리고 절에 돌아와서 스승에게 그 만남에 대해 말했다. 그러자 스승이 "발이 없으면 어떻게 할 거냐고 물었어야지."라고 했다.

다음 날 젊은 수행자는 길에서 그 다른 수행자를 또

만났다. "어디 가나?" 젊은 수행자가 물었다. 그리고 대답을 기다리지 않고 이어 말했다. "아! 맞아, 발길 닿는 대로 간다고 했지."

그런데 뜻밖의 대답이 돌아왔다. "아니네! 오늘은 바람이 이끄는 대로 가네." 그 대답이 또 젊은 수행자를 당황하게 했다. 절에 돌아와 수행자는 또 스승에게 그 일을 전했다.

"바람이 안 불면 어떻게 할 거냐고 물었어야지." 노선사가 조언했다.

다음 날 젊은 수행자는 장터 근처에서 또 우연히도 그 다른 수행자를 만났다.

"말해보게나, 자네 계획은 뭐지? 내 생각에는 발길 닿는 대로 가거나 바람이 이끄는 대로 가겠네그려. 그런데 만약에…."

"둘 다 아니네." 그 다른 젊은 수행자가 짓궂게 웃으며 말했다. "오늘은 여기 채소를 사러 왔네."

버려진 물의 의미

18

선사가 목욕물이 너무 뜨거워 젊은 제자에게 찬물을 한 양동이 가져오라고 했다.

제자는 찬물 한 양동이를 갖고 와서 스승의 목욕물을 적당히 미지근하게 한 뒤 남은 물은 바닥에 쏟아 버렸다.

"주의하거라." 스승이 제자에게 말했다. "방금 네가 버린 그 물이 아무리 별것 아니라도 우리 절의 꽃들에게 줄 수도 있었잖니?"

바로 그 순간 제자는 선불교의 본질을 깨달았다. 제자는 자신의 이름을 "떨어지는 물"이라는 뜻의 테키수이(滴水)로 바꾸고 그때부터 지혜로운 선사가 되기 위해 온 몸과 마음을 다해 노력했다.

선(禪)의 본질

반케이(盤珪永琢, 1622~1693) 선사가 료몬사(龍門寺)에서 설법을 전하고 있을 때였다. 아미타불의 이름을 외우기만 해도 구제받는다고 믿는, 신슈파(정토진종)의 어떤 스님이 설법에 흠뻑 젖어 있는 청중들을 보고 시기와 질투를 느꼈다. 이에 참지 못하고 그 속에서 논쟁을 일으키며 청중들을 선동했다.

그렇게 시끄럽게 했으므로 반케이 선사는 설법을 멈추고 소란한 이유를 물었다.

"우리 종파의 시조께서는," 신슈파의 스님이 자랑하듯 말했다. "능력이 하도 대단하셔서 강 한쪽에 붓을 들고 서서는 하인을 시켜 강의 다른 쪽에서 화선지를 높이 들게 하고서도 그 거리가 아무리 멀어도 그 신성한 이름, 아미타불을 휘갈길 수 있었소. 당신도 그렇게 할 수 있소?"

그러자 반케이가 무심한 듯 대답했다. “그 사기꾼은 그런 재간을 부릴 능력이 있었는지 몰라도 그건 선의 본질과는 거리가 멀구려. 나에게는 배가 고플 때 먹고 목이 마를 때 마시는 능력이 있소.”

삶에 '네'라고 말하라

어떤 사람이 고요한 가운데 명상하기 위해 절에 은거했다. 그 후 마음이 평안해지고 강해지고 기분도 좋아졌으나 아직 무언가 부족한 듯했다. 명상 선생이 조언하길 절을 나가기 전에 그곳의 스님 한 분과 이야기를 나눠 보라고 했다.

그 사람은 오래 생각한 끝에 스님에게 딱 한 가지만 여쭙기로 했다. "어떻게 하면 마음의 평안을 유지할 수 있습니까?"

스님이 대답했다. "나는 '네'라고 말합니다. 나에게 닥치는 일이 무엇이든 늘 '네'라고 말합니다."

그 말을 듣고 집으로 돌아가던 그 사람은 이미 깨달았다.

21
석공의 소원

옛날에 자신의 인생이 보잘것없고 아무 의미 없다는 생각을 떨치지 못해 불행한 석공이 있었다. 그러다 석공은 부자 상인의 집 앞을 지나가게 되었는데 집이 어찌나 크고 드나드는 사람도 어찌나 끊이지 않는지 기가 죽으면서도 대단한 경외감을 느꼈다.

"이 집 주인은 굉장한 권력자임이 분명하군." 석공은 생각했다. "내가 이 집 주인이 되면 더 이상 소원이 없겠군."

그렇게 소원을 채 다 말하기도 전에 신기하게도 석공은 그 사람으로 변해 있었다. 그런데 이제 재물은 넘쳐나지만 자기만큼의 특권을 갖지 못한 사람들이 자신을 어떻게 보는지도 보였다. 그들은 모두 그 석공 권력자를 표적으로 삼고 시기하고 질투했다. 그런 생각을 하며 서 있는데 바로 그 길을 따라 행차 중인 고위 관리가 보였다. 관리는 하인 일동이 이고 가는 가마에 앉아 있었다.

"오! 저 사람 또한 굉장한 권력자임이 틀림없군. 저 사람처럼 될 수 있다면 얼마나 좋을까?"

이 바람도 이루어져서 석공은 곧 하인들이 이고 가던 그 가마 위 높은 곳에 앉아 사람들의 정수리를 내려다보고 있었다. 그가 지나가자 양옆으로 군중들이 그를 지켜봤다. 그런데 갑자기 그들의 얼굴에서 두려움과 경멸이 느껴졌다. 그러자 앉아 있던 화려하게 치장된 의자조차 뜨거운 태양 탓에 끈적끈적하고 불쾌했다. 석공은 하늘을 올려다보며 생각했다.

"저 태양은 얼마나 대단한가? 저 태양이 되면…."

그런 생각을 하자마자 또 석공은 그 대단하고 타는 듯한 태양이 되었다. 하지만 바로 그래서 모든 농부와 촌부들의 저주를 받았다.

그때 어둡고 거대한 구름이 지나가면서 태양을 가렸다. 당연히 이번에도 석공은 그 구름이 되었고 그렇게 무거운 비를 몰고 다니다가 홍수를 냈고 그렇게 아래의 땅에 큰 고난을 불러왔다. 바로 그때 석공은 그 어떤 거스를 수 없는, 근원적인 힘이 자신을 미는 걸 느꼈는데 그것은 바로 바람이었다. '이 바람은 얼마나 대단한가.' 이제 석공은 돌풍이 되어 지붕을 날리고 나무를 뽑으며 파괴를 일삼았다. 온 나라가 먼지와 잔해로 휩싸였고 그만큼 불안과 충격이 만연했다.

한동안 그렇게 다 부수고 다녔으나 마침내 그 강력한 돌풍에도 꿈쩍 않고 대단하게도 자신을 지켜 내는 것과 마주쳤다. 바로 거대한 바위였다.

"오! 이 바위가 되면 얼마나…." 그렇게 석공은 그 바위가 되었다. 단단하고 무겁고 변하지 않는….

얼마 후 어디서 망치와 끌이 부딪히는 소리가 들렸다. 남자는 자신의 형체가 변하고 있음을 느꼈지만, 그것이 어떻게 가능한지 몰랐다. '도대체 누가 나의 힘에 도전하는가?' 아래를 내려다봤더니 그곳에 작은 인간의 형상이 있었는데 바로 석공이었다….

침묵 판정

선불교가 일본에 들어오기도 전인 아주 오랜 옛날에 서로 친한 학생 네 명이 명상 수련을 하기로 했다.

모두 함께 7일 동안 침묵 명상을 하기로 했다.

고요한 가운데 첫날이 지나가는 듯했으나 해가 지고 켜놓은 등잔불이 깜빡거리자 한 학생이 불쑥 하인에게 성마른 목소리로 "등잔불 좀 살피거라!"라고 했다.

그러자 다른 친구가 놀라 그에게 몸을 돌리며 말했다.

"말하지 않기로 했잖나. 잊어버렸나?"

그러자 세 번째 친구가 이제 그 두 친구에게 몸을 돌리며 말했다.

"이런 바보들 같으니라고! 둘 다 말을 했잖나?"

그러자 네 번째 친구가 말했다.

"하하! 나만 끝까지 말 안 했어!"

화를 가져와 보게

선(禪)의 달인이 스승에게 와서 말했다.

"스승님 제 성질을 조절할 수가 없습니다. 좀 도와주시겠습니까?

"흠, 그런가? 그럼 그 성질을 나에게 보여 주게나." 스승이 물었다.

"지금은 보여드릴 수 없습니다."

"왜 안 되지?"

"갑자기 나타나고 조절도 불가능하니까요."

"그렇다면 그것은 진짜 자네의 것이 아니네." 스승이 말했다. "진짜 자네의 것이라면 지금 그걸 나한테 보여 주지 못할 리가 없잖은가? 자네는 자네의 것도 아닌 것을 가지고 왜 그렇게 근심을 하는가?"

선의 달인은 그때부터 성질이 터져 나오려 하면 늘 스승의 그 말을 기억했다.

그리고 큰 화가 자신을 덮치려고 할 때 조절하는 법을 배웠고 평정심을 계발했다.

명함

옛날에 교토시에 게이추(契沖, 1640~1701)라는 대선사가 살았다. 큰 절의 주지였던 게이추는 재판권을 갖고 있었고 날카로운 인지력과 넓은 시각과 높은 정의감 덕분에 도시의 모든 이에게 존경과 사랑을 받았다.

교토시의 시장이 된 기타가키는 게이추의 뛰어남에 대해 익히 들었던 터라 그를 찾아가 자신을 알리고 존경을 표하기로 했다. 절에 도착한 기타가키는 하인에게 자신의 명함을 전달하며 선사를 접견할 수 있을지 물었다. 하인이 기타가키에게 잠시 기다려 주십사 청한 뒤 즉시 게이추에게 명함을 전달하고자 안으로 들어갔다.

"선사님, 저기 밖에 어떤 분이 접견을 청하십니다." 충실한 하인이 말했다.

"누구시라더냐?" 게이추가 물었다.

하인은 시장이 준 명함을 전달했는데 그 명함에는 다음과 같이 쓰여 있었다.

〈기타가키, 교토시 시장〉

"볼 일 없다!" 더러운 것이라도 되는 양 명함을 던져 버리며 선사가 퉁명스레 내뱉었다.

"그냥 가시라 하거라!" 게이추는 하인에게 단호히 말했다.

하인은 명함을 다시 주워 들고 즉시 기타가키가 접견을 기다리며 앉아 있는 방으로 갔다.

"선사님께서 뵙지 않겠다고 하십니다." 하인이 안되었다는 듯 명함을 돌려주며 시장에게 선사의 의향을 전달했다.

도시의 통치자는 당황스러웠다. 그리고 명함을 돌려받고 돌아가려는데 문득 명함에 새겨진 글자가 눈에 들어왔다. 그리고 시장은 그 즉시 자신의 우둔함을 깨달았다. 시장은 연필을 꺼내 명함의 글자를 수정했다.

"내가 생각이 부족했소." 시장은 이미 돌아선 하인을 불러 세워 다시 수정한 명함을 내밀었다. "미안하지만 선사님께 한 번 더 여쭤봐 주시겠소?"

하인은 다시 게이추가 있는 내실로 들어가 '기타가

키'라고만 쓰여 있는 명함을 전달했다. 고위 관리가 '교토의 시장'이라는 글자를 지웠던 것이다.

그 명함을 본 게이추의 눈이 기쁨으로 빛났다.

"오! 기타가키가 이곳에 있다고? 좋다. 기꺼이 만나고 싶구나. 어서 들여보내게나." 게이추가 하인에게 말했다.

그렇게 기타가키는 게이추 대선사를 접견할 수 있었다.

25

젊은 스님이 수도사(修道寺)를 떠나 긴 길 끝에 고향 마을에 다다랐다. 그런데 뜻밖에 눈앞에 물살도 급격한 넓은 강이 나타났다. 강을 따라 걸어가며 스님은 다리나 뱃사공을 찾았으나 강을 건널 방법이 좀처럼 보이지 않았다. 스님은 그곳에 서서 오랫동안 고심해 보았지만 아무래도 건너편으로 넘어갈 방안이 떠오르지 않았다. 결국 포기하고 왔던 길을 다시 가려던 찰나 강 건너편에 노선사가 한 명 서 있는 것이 보였다.

젊은 스님은 큰소리로 외쳤다. "아! 선사님, 제가 지금 여기서 오도 가도 못하게 되었습니다. 강의 그쪽으로 갈 방도를 혹시 아시나요?"

백발이 희끗희끗한 선사는 잠시 생각했더니 강 위와 아래를 한번 훑어봤다. 그리고 큰소리로 외쳤다. "이미 거기 강의 그쪽에 있지 않소!"

물은 그냥 자기 갈 길을 간다

젊은 수련자는 벌써 몇 년째 스승 밑에서 무술을 완수하고 선(禪)의 뜻에 따른 인격을 형성하고자 노력 중이었다.

스승은 제자가 수련할 때면 세심하게 모든 것을 살폈는데 그러다 제자의 몸과 정신이 따로 놀고 있음을 알아차렸다. 주위의 다른 수련자들이 제자의 집중력을 빼앗아서 제대로 연습하지도, 최선의 결과를 끌어내지도 못하고 있었다.

수련이 정체되고 있음에 제자가 얼마나 좌절하고 있을지 스승은 잘 이해할 수 있었다. 그래서 스승은 제자의 어깨를 쓰다듬으며 물었나? "왜 그러느냐?"

"모르겠습니다." 제자가 의기소침한 채 대답했다. "아무리 노력해도 제대로 되지 않습니다."

"기술에 통달하려면 먼저 조화가 무엇인지 이해해야 한다. 설명해 줄 테니 나를 따라오거라." 스승이 말했다.

둘은 같이 수련장을 나와 한동안 걸었고 숲 깊은 곳에서 작은 개울을 만났다. 스승과 제자는 몇 분 동안 거기 조용히 서서 개울을 관찰했다. 마침내 스승이 침묵을 깨고 말했다.

"물의 흐름을 보거라. 이 물이 가는 길에는 돌이 많지. 그런데 물이 저 돌들에게 화를 내고 저 돌들 때문에 좌절하다가 저 돌들을 깨부수려 하면서 흘러가야겠느냐? 물은 돌을 돌거나 그 위로 흘러가며 유유히 자기 갈 길을 간다. 이 물이 되어라. 그럼 조화가 무엇인지 온몸과 마음으로 이해하게 될 것이다."

젊은 제자는 스승의 말을 가슴에 새겼다. 그리고 곧 주변의 다른 수련자들을 더 이상 의식하지 않았으므로 기술에 통달하는 데 더는 거칠 것이 없었다.

완벽한 원

27

어느 날 남자아이 하나가 강 근처에서 놀고 있었다. 그런데 긴 수염을 한 노인이 강가 모래 위에 앉아 있는 것이 보였다. 가까이 가서 보았더니 노인은 모래 위에 완벽한 원을 그리고 있었다.

"할아버지, 원을 어떻게 그렇게 동그랗게 그려요?" 아이가 신기하다는 듯 물었다.

노인이 아이를 보더니 대답했다. "모르겠다. 한 번 해 봤지. 그리고 또 해 보고 또 해 봤지. 여기 있다. 너도 해 보려무나."

노인은 아이에게 막대를 주고는 일어나 제 갈 길을 갔다. 이제 아이가 모래 위에 앉아 원을 그리기 시작했다. 처음에는 원이 너무 기다랗고 삐딱하거나 처음과 끝이 맞지 않았다. 하지만 아이는 계속 다시 그렸고, 어느 햇살 좋고 아름다운 날 아침 마침내 정말로 완벽한 원을 그렸다.

그렇게 완벽한 원을 그렸던 바로 그 순간 뒤에서 누가 말했다. "할아버지, 원을 어떻게 그렇게 동그랗게 그려요?"

어느 것도 보잘것없지 않다

높은 가문의 어느 무사가 평온한 마음을 얻고자 선불교 사원으로 들어갔다. 그런데 그 사원에서 깊고 고요한 명상에 푹 들어가 있는 선사를 보고는 오히려 깊은 슬픔에 빠졌다. 정의를 위해 평생 열심히 싸웠지만, 그 노선사가 앉은 자리에서 그렇게 간단히 그리고 그렇게 품위 있게 구현해 내는 그 정도의 아름다움을 자신은 절대 맛볼 수 없을 것 같았다.

"왜 이렇게 저 자신이 초라하게 느껴질까요?" 무사가 물었다. "항상 명예를 지키며 싸웠고 약자들을 보호했고 부끄러운 짓은 절대 하지 않았습니다. 그런데 지금 여기서 선사님을 보고 있자니 제 인생이 세상 보잘것없다는 생각이 듭니다."

"조금만 기다리시오!" 선사가 온화한 미소를 띠며 말했다. "다른 방문자들부터 만나고 내 당신에게 오리다."

무사는 정원의 나무 아래에 앉아 끊임없이 이어지는 방문 행렬을 지켜보았다. 온화한 선사를 만나고 나오는 그들의 얼굴에는 하나같이 부드럽고 따뜻한 미소가 어려 있었다. 그런 모습을 보고 있자니 무사의 온 존재 위로 점점 더 큰 슬픔의 파도가 덮쳐 오는 것 같았다. 무사는 검은 대양 속으로 가라앉았다.

어스름한 저녁이 되어 방문자도 더 이상 없자 무사는 선사에게 물었다. "이제 저에게도 가르침을 베풀어 주시겠습니까?" 더 힘없고 더 슬픈 목소리로 무사가 말했다.

선사는 고개를 끄덕였고 둘은 절의 뒤쪽에 있는 방으로 갔다. 큰 창을 통해 들어오는 하얗고 창백한 달빛에 그 방의 모든 것이 반짝였다.

"저 달이 얼마나 아름다운지 보이시오?" 선사가 물었다. "저 달은 하늘을 가로지르지요. 하지만 결국 해에게 길을 내줍니다. 해는 달보다 더 밝고 더 강합니다. 그리고 산, 숲, 구름 등 해로 인해 생긴 모든 것들을, 달에게는 허용되지 않은 그것만의 방식으로 밝게 비추지요. 그렇다고 달이 '내 형제인 저 해만큼 빛나지 않으니 나는 보잘것없어!'라고 할까요?"

"당연히 그러지 않죠." 무사가 대답했다. "해와 달은 서로 다르고 각자 그것만의 아름다움을 갖고 있으니까요. 둘은 서로를 비교하지 않습니다."

"그러니까요. 당신은 이미 답을 알고 있네요. 우리 둘도 서로 다릅니다. 각자의 믿음에 따라 각자만의 방식으로 각자의 싸움을 해 나가고 그 싸움이 세상을 조금은 더 나은 곳으로 만든다고 굳게 믿고 있지요. 이것이 중요합니다. 나머지는 그냥 허상입니다."

신성한 노인

산꼭대기에서 집을 짓고 사는 노인이 매우 지혜롭다는 소문이 전국에 퍼졌다. 한 마을의 젊은이가 번거로운 여행길을 감수하고 그 신성하다는 노인을 만나 보기로 했다.

그리고 긴 여행길의 온갖 고충을 감내한 후 마침내 노인이 산다는 집에 도착했다. 늙은 하인이 문을 열고 순례자를 반겼다.

"여기에 오려고 수십 리를 걸었습니다. 신성하다는 그 노인을 뵈려고 말입니다." 젊은이가 말했다.

하인은 다 안다는 듯 미소를 짓고 젊은이를 집 안으로 인도했다. 집 안을 걷는 동안 순례자는 여러 방을 보았고 그 방 중 하나에 전설의 그 지혜로운 노인이 자신을 기다리고 있을 거란 생각에 흥분해서는 모든 방을 샅샅이 살폈다. 그런데 곧 둘은 집을 다 둘러본 꼴이 되었고 보아하니 처음 시작했던 출입문에 다시 와 있었다.

"아니 저는 그 신성한 분을 뵙고자 하는데요?" 젊은이가 놀라고 의아해하며 물었다.

"방금 보지 않았소?" 늙은 하인이 말했다. "당신이 살면서 만나는 모든 것들, 아무리 익숙하더라도 그 모든 것 안에서 지혜와 신성을 알아차리시오. 그럴 수만 있다면 당신을 이곳까지 오게 한 그 문제는 저절로 해결될 것이오."

30 차의 달인

옛날 어느 산에 유명한 차의 달인이 살았다. 다도에 있어 이 달인을 능가할 자가 없었고 그와 함께 차를 마시면 어떨지 궁금해 먼 곳으로부터 수많은 사람이 그를 찾아왔다.

그런데 어느 날 달인이 막 우려낸 녹차에 인내심이라곤 없어서 성급하기 짝이 없는 사무라이가 혀를 데고 말았다. 불같이 화가 난 사무라이는 차의 달인에게 대결을 신청했다.

무사가 자신의 검을 빼들자 차의 달인은 젊은 보조 제자 쪽으로 몸을 돌리며 말했다.

"나는 평생 차를 준비하는 일만 하고 살았다. 그러니 이 대결에서 나는 죽고 말 것이다. 그러므로 이제부터 이 찻집은 네 것이다."

제자는 터져 나오는 눈물을 막을 수 없었다.

"그럴 수는 없습니다, 스승님. 저의 이 검을 받으세요. 저 사무라이와 맞서 싸우십시오. 찻주전자를 들어올리듯 이 검을 들어올리세요."

제자를 달래기 위해 차의 달인은 그러기로 하고 사무라이가 덤벼들려고 기다리고 있는 앞마당으로 한 발자국씩 천천히 나아갔다.

다도의 달인은 모든 것을 운명에 맡기며 두 눈을 감고 천천히 단호하게 검을 쳐들었다. 그 동작 안에는 다도를 시연할 때 보이는 확신과 기예와 품위가 그대로 배여 있었다.

죽음에 직면하고도 조금의 흐트러짐도 없는 그를 보고 사무라이는 갑자기 공포에 질렸다. 그리고 생각했다. "이 노인은 검술의 대가임이 틀림없어."

그 즉시 사무라이는 걸음아 나를 살려라 하고 도망갔고 다시는 돌아오지 않았다.

무슨 일이 일어날지 우리는 알지 못합니다

옛날 어느 마을에 노인이 한 명 살았다. 노인에게는 말이 한 마리 있었다. 그런데 이 말이 참으로 아름다워서 도처의 부자들은 물론이고 심지어 왕까지 탐을 냈다. 하지만 노인은 아무리 큰돈을 준다고 해도 자신의 말을 팔지 않았다.

그런데 어느 날 노인이 보니 마구간의 말이 사라졌다. 말이 사라졌다는 소식은 온 마을에 빠르게 퍼졌고 사람들이 노인을 찾아와 유감을 표했다.

"아니 이런 안타까운 일이 있나요? 그렇게 멋진 말을 갖고 계셨는데 이제는 말도 없고 돈도 없네요. 말을 팔았더라면 돈이라도 벌었을 텐데요. 에고! 이제 빈털터

리가 되셨어요."

노인은 자애로운 표정으로 웃기만 하다가 말했다. "어리석은 소리 그만들 하시게나. 지금 우리가 아는 건 말이 마구간에서 나가 사라졌다는 것뿐이네. 이 일이 어떤 일을 부를지는 오직 미래만이 말해 줄 수 있네. 현재의 우리는 알 수 없단 말일세."

그러고 나서 노인은 매일 하던 일을 계속하며 살던 대로 살았다. 그러던 어느 날 마구간에서 다시 말 우는 소리가 들려 가 보았더니 자신의 말은 물론이고 숲에 있던 다른 말들도 같이 와 있었다. 이제 노인은 한 마리가 아니라 말 떼를 갖게 되었다.

이번에도 이야기는 온 마을에 퍼졌고 사람들이 노인에게 와 축하해 주었다. "믿을 수가 없군요. 다른 멋진 말들과 함께 돌아왔네요. 이제 이 말들을 다 팔면 이 마을에서 가장 큰 부자가 되겠어요."

그리고 이런 말도 덧붙였다. "아유, 죄송하네요! 이렇게 될 줄도 모르고 예전에 그런 말을 했네요. 우리는 미래를 내다볼 줄 모르니까 일이 이렇게 될 줄은 몰랐지요. 영감님은 앞일을 내다보는 능력이 있으신가 봅니다." 그러자 노인이 말했다. "어리석은 소리 그만들 하게나. 지금 우리가 아는 건 말이 사라지고 며칠 뒤 다른 말들과 함께 다시 돌아왔다는 것뿐이오. 내일 무슨 일이 일어날지는 나도 당연히 모르오."

며칠 뒤 노인의 아들이 말을 탔다. 그런데 사람을 태우는 데 익숙하지 않았던 말이 말을 듣지 않았다. 그래서 아들이 말에서 떨어져 다리가 부러지고 말았다. 상태가 심각해서 아들은 더 이상 걸을 수 없게 되었다.

이 소식을 들은 마을 사람들이 또 노인을 찾아와 안타까움과 위로의 말을 건넸다.

"영감님 말씀이 처음부터 옳았네요. 어떤 일이 어떻게 이어질지는 아무도 모르지요. 갑자기 그렇게 많은 말이 생기더니 이제는 아들이 평생 걷지도 못할 것 같다니요. 말들이 결국 영감님 인생에 크나큰 불행을 가져다주었네요. 말들이 나타나지 않았다면 얼마나 좋았을까요?"

노인은 이번에도 똑같이 대꾸했다. "자네들은 이번에도 성급하구려. 미래에 무슨 일이 일어날지 지금 우리는 알 수 없지요. 지금 우리가 아는 건 내 아들이 말에서 떨어져 다리가 부러진 것뿐이고 그 이상은 모르고 알 수도 없습니다."

얼마 후 나라에 전쟁이 터졌고 마을 사람들도 전쟁에 휘말렸다. 나라의 모든 남자, 따라서 그 마을의 남자들도 모두 군인이 되어 전쟁터로 나가야 했다. 그런데 노인의 아들은 다리를 다쳐서 전쟁터로 나갈 수 없었으므로 마을에 남았다.

그러자 금방 또 마을 사람들이 노인에게 몰려와서 한탄했다. "우리 아들들은 다 징집되어 전쟁터에서 싸워야 하는데 영감님의 아들은 여기에 그대로 있네요. 적군이 우리보다 더 강할 수도 있다는데 누가 알겠습니까? 얼마나 살아 돌아올지. 우리는 이제 늙어도 부양해 줄 자식도 없네요. 영감님 아들만 여기 있습니다. 아드님은 분명 조만간 다시 걷기도 하겠지요."

여기서도 노인은 단지 이렇게 말할 뿐이었다. "아닙니다. 그렇지 않습니다. 우리가 아는 건 하나뿐입니다. 여러분의 아들들이 전쟁터로 나갔고 내 아들은 여기 내 옆에 있다는 것 말입니다. 앞으로 무슨 일이 일어날지 우리는 알지 못합니다."

지금 그렇게 살고 있소

32

한 어부가 바다에서 물고기를 잡고 있었다. 아직 해가 중천이었지만 이미 물고기를 많이 잡아서 어부는 흡족한 마음으로 도구들을 정리한 후 집으로 가기 위해 배를 돌렸다. 그런 어부를 지켜보던 젊은 사업가가 어부에게 다가가며 말했다. "벌써 일을 끝내시려고요? 아직 해가 지려면 멀었는데요? 물고기를 더 많이 잡을 수도 있잖아요?"

어부가 대답했다. "맞습니다. 그럴 수도 있지요. 하지만 오늘 하고 싶은 더 좋은 일들이 있답니다. 먼저 가족들과 시간을 보내고 싶고요. 그다음에 친구들과 와인을 마시며 음악도 들을 거고요. 마지막으로 혼자 조용히 앉아 주변을 음미하면서 오늘 하루를 마감할 겁니다."

사업가는 씩 웃더니 어부에게 말했다. "아, 그렇군요. 하지만 제가 인생을 즐길 더 좋은 방법을 말씀드려도 될까요? 매일 일을 몇 시간 더해서 물고기를 더 많이 잡으세요. 그럼 돈을 더 많이 벌고 저축도 할 수 있을 것이고 그 저축한 돈으로 더 큰 배를 살 수 있을 겁니다. 배가 더 크면 물고기를 더 많이 잡게 될 겁니다. 그럼 그 물고기들을 큰 도매상에 내다 파세요. 수익을 더 많이 낼 수 있으니까요. 그다음 그 수익으로 당신만의 회사를 만들고 그 회사를 주식 시장에 상장시키세요. 그럼 나중에 당신의 주식을 팔아 억만장자가 될 수 있습니다. 억만장자가 되면 당신 인생을 행복하게 즐길 수 있습니다."

다 듣고 난 어부가 질문했다. "그렇게 되기까지 얼마나 걸릴까요?" 젊은 사업가가 대답했다. "잘 풀리면 20년이면 충분할 겁니다."

그러자 어부가 또 물었다. "그럼 그 후에는 어떻게 되나요? 그러니까 내 회사를 팔고 난 다음에 말입니다." 젊은 사업가가 약간 당황하며 대답했다. "어떻게 되다니요? 가족들과 좋은 시간을 보내고 친구들과 와인도 마시고 음악도 즐기고 밤에는 혼자만의 시간도 갖는 거죠. 게다가 매일 물고기 한두 마리씩 계속 잡을 수도 있고요."

그러자 어부는 호탕하게 웃으며 말했다. "하지만 그건 이미 내가 다 하는 일이잖소!"

달과 바람

옛날에 사자와 호랑이가 살았다. 둘은 서로를 좋아했고 좋은 친구였다. 서로의 차이를 몰랐던 아기 때 친구가 되었기 때문에 둘에게는 전혀 이상한 것 없는 우정이었다.

어느 날 둘은 크게 싸웠다. 호랑이가 말했다. "당연히 보름달에서 초승달로 갈 때 추워지지." 하지만 사자는 그 반대라고 했다. "어디서 그런 헛소리를 들었어? 초승달이 보름달로 갈 때 추워진다는 건 세상 사람들이 다 아는 사실이야!"

싸움은 점점 커졌고 둘의 화도 점점 커져만 갔다. 둘 다 어찌나 완강한지 상대의 말이 무조건 틀렸다고만 생각했다. 싸움은 욕이 나올 정도로 심해질 뿐 도무지 잦아들 기미가 보이지 않았다.

합의를 볼 수 없었으므로 사자와 호랑이는 자신들보다 아는 것이 더 많을 것 같은 다른 누군가에게 물어보기로 했다. 그렇게 하지 않으면 그 싸움으로 둘의 우정이 끝장나 버릴 것 같았다.

근처에 스님이 한 분 살았다. 스님은 인적이 드문 산속에서 혼자 있는 것을 좋아했다. 인생의 경험도 많았으므로 그 문제에 있어 둘보다는 분명 더 잘 알 것 같았다. 그래서 둘은 싸움을 멈추고 그 스님에게로 갔다.

스님을 만나자 둘은 그 즉시 물었다. 그리고 그 문제로 싸워서 둘의 우정에 아주 금이 갈 것 같다고도 했다. 스님은 질문에 곧장 대답하지 않고 한동안 생각한 뒤 말했다.

"너희들에게 먼저 묻고 싶구나. 왜 너희 둘에게는 그 답이 그렇게 중요하지?'

사자도 호랑이도 그 질문에 대답하기 위해 오래 생각해야 했다.

"누가 옳은지 아는 것은 중요한 문제입니다." 사자가 말했고 호랑이도 고개를 끄덕였다.

"자신이 옳은 걸 알면 어떨 것 같은데?"

둘은 그 질문에 대답하기 위해서도 오래 생각해야 했다. 이번에는 답을 찾기가 더 어려웠다.

"자신이 옳았다는 걸 알면 기분이 좋아집니다. 그러니까 그걸 알고 나면요." 호랑이가 대답했고 사자도 고개를 끄덕였다.

"그런 기분이 얼마나 오래 갈 것 같으냐?"

"몇 분 정도요. 어쩌면 하루 동안 갈 수도 있고요."

"그렇다면 우정으로는 무엇을 가질 수 있느냐?" 그러자 스님이 물었다.

그 질문에는 빨리 대답할 수 있었다. 둘은 우정이 얼마나 좋은지, 덕분에 둘의 삶이 얼마나 풍성한지 설명했다.

"그래, 그렇다면 누가 옳은지를 두고 싸우면서 그 우정에 금이 가게 할 이유가 무엇이냐? 너희의 우정은 너희에게 매우 소중하고 오랫동안 너희를 행복하게 할 것이다. 그런데도 너희는 옳아서 느끼는 그 아주 짧은 행복감과 우정을 바꾸고 싶으냐?

그런데 말이다. 너희 둘 다 옳다고 볼 수도 있겠구나. 왜냐하면 달이 지고 있던 차고 있던 언제나 날이 추워질 수 있기 때문이지. 추위를 부르는 것은 달이 아니라 바람이란다."

둘은 서로를 보다가 그렇게 싸운 자신들이 부끄러웠다.

사자와 호랑이는 지혜로운 스님에게 감사를 표하고 집으로 돌아갔다. 둘이 여전히 친구라서 매우 기뻐하면서….

하쿠인 선사와 젖먹이

34

옛날에 한 마을에 하쿠인이라는 선사가 살았다. 그의 나무랄 데 없는 행동거지를 마을 사람들은 너나 할 것 없이 칭찬했다.

그 마을에는 아름다운 처녀도 한 명 살았다. 처녀는 식료품 상인의 딸이었다. 어느 날 그 딸이 임신했다. 아버지는 너무 화가 나서 딸의 애인을 가만두지 않겠다고 했다. 그리고 임신시킨 남자의 이름을 대라고 딸을 추궁했다.

아무래도 화를 삭이지 못하는 아버지가 자신의 애인에게 무슨 짓을 할지 몰라 무서웠던 딸은 결국 그만 하쿠인 선사의 이름을 대고 말았다.

아버지는 충격에 할 말을 잃었다. 하지만 하쿠인 선사의 위상을 잘 알고 있었으므로 화를 꾹 눌렀다.

하지만 몇 달 후 아기가 태어나자 아버지는 아무래도 더 이상 참을 수가 없었다. 그래서 갓 태어난 아이를 업고 하쿠인 선사를 만나러 갔다.

그리고 아기를 안고 선사 앞에 서서는 선사 때문에 자신의 가족이 당해야 하는 수모와 고초를 한껏 토로했다.

그런데 하쿠인 선사는 이렇게만 말하는 것이었다. "그런가요?" 그러고는 그 사랑스러운 아기를 거둬들였다.

그날부터 선사는 어디를 가든 승복 안에 아기를 안고 다녔다. 비가 오나 바람이 부나 늘 아기를 품에 안고 애지중지했다.

선사가 어린 여자를 임신하게 했다는 소문이 마을에 빠르게 퍼졌다. 선사의 옛 제자 몇몇은 심지어 그의 설법을 이제 듣지 않겠다고 했다. 스승이 불명예를 저질렀다고 생각했기 때문이다.

선사는 그런 비난에도 아무 말도 하지 않았다. 단지 정말 자신의 아기인 양 아기를 열심히 돌보기만 했다.

한편 식료품 상인의 딸은 자신의 아기를 볼 수 없다는 슬픔을 더는 참을 수 없었다. 그래 자신의 아이를 되찾기 위해 결국 아버지에게 사실은 마을의 평범한 청년이었던 진짜 애인의 이름을 털어놓을 수밖에 없었다.

아버지는 또다시 큰 충격을 받았고 그 즉시 다시 선사에게로 달려가 무릎을 꿇고 사죄했다.

그런데 하쿠인은 이번에도 "그런가요?"라고 말할 뿐이었다.

왕의 정원

35

옛날에 정원이 늘 아름답기를 바랐던 왕이 있었다. 그래서 왕은 정원에 꽃과 나무를 더 많이 심게 했다.

그리고 몇 달 후 그 정원에 가 보았다. 꽃과 나무들에 감상하기 위해.

놀랍게도 정원은 아주 망가져 있었다. 꽃과 나무들이 거의 다 시들거나 죽어 있었다.

그 이유를 알아보기 위해 왕은 먼저 참나무에게 가서 왜 그렇게 아픈지 물었다. 참나무는 지금 너무 아파서 죽을 것 같은데 그 이유는 전나무만큼 키가 크지 않기 때문이라고 했다. 전나무는 키가 아주 큰데 참나무는 절대 그렇게 크지 못한다고 했다.

왕은 이제 전나무에게 가서 똑같이 물었다. "전나무야 너는 왜 그렇게 시들었느냐?"

전나무가 자신이 그렇게 시든 것은 자신이 포도나무만큼 멋지지 않기 때문이라고 했다. 포도나무는 포도를 열리게 할 수 있는데 전나무는 그럴 수 없다고 했다.

왕은 이제 포도나무에게 가서 또 똑같이 물었다.

"그렇다면 너 포도나무야, 너는 왜 그렇게 죽기 직전에 있느냐?"

포도나무는 자신이 장미만큼 멋지지 않아서 죽을 것 같다고 대답했다. 장미는 아름다운 꽃을 피울 수 있는데 자신은 그렇지 못하다고 했다. 왕은 이제 아주 난감해하며 자신의 정원을 둘러보았다. 그런데 그때 삼색제비꽃이 보였다. 정원의 다른 모든 식물과 달리 삼색제비꽃은 아주 싱싱했고 매우 아름다웠다.

그래서 왕은 삼색제비꽃에게 "다른 식물들은 다 시들어가는데 왜 너만 그렇게 아름답게 피어 있느냐?"고 물었다.

그러자 삼색제비꽃이 대답했다.

"왕께서 저를 선택했습니다. 그래서 저는 왕께서 저

를 원한다는 걸 알았습니다. 왕께서 전나무나 장미나 다른 식물을 원했다면 전나무나 장미나 다른 식물들을 심었겠지요.

그래서 왕께서 삼색제비꽃을 심겠다 정했을 때 저는 왕께서 삼색제비꽃을 원한다는 걸 알았지요. 그래서 저는 삼색제비꽃이 되기 위해 최선을 다했답니다. 왜냐하면 결국 저는 어쨌든 저 말고 다른 것이 될 수는 없으니까요. 그러니까 저는 그냥 제가 되기 위해 최선을 다합니다."

어머니가 제 세상입니다

옛날에 한 어머니가 아들 둘을 낳았다. 두 아들은 늘 함께 놀며 즐겁게 지냈다.

그렇게 함께 자랐음에도 둘은 참 달랐다. 한 아들은 웬만하면 어머니 곁에 머물려고 했고 다른 아들은 모험을 좋아해서 바깥세상을 훌훌 돌아다니곤 했다.

둘은 어른이 되어서도 그랬다. 첫 번째 아들은 어머니 곁에 머물렀고 두 번째 아들은 자주 어머니를 떠났다. 두 번째 아들은 여행에서 돌아올 때면 꼭 어머니에게 줄 선물을 들고 왔다.

그러던 어느 날 두 아들이 서로 자기가 어머니를 더 사랑한다며 다퉜다. 둘 다 나름의 이유는 있었다. 둘의 다툼을 듣고 있던 어머니가 세상을 한 바퀴 돌고 먼저 자신에게 오는 사람이 자신을 더 사랑하는 아들이라고 했다.

모험을 좋아하는 아들은 그 즉시 세상을 돌기 위해 떠났다.

하지만 그 다른 아들은 그 자리에서 어머니 주위를 돌았다. 그리고 어머니를 안으며 말했다. "어머니가 제 세상입니다. 그래서 어머니를 한 바퀴 돌았어요."

달을 선물하고 싶었던 남자

37

료칸 선사는 산기슭의 작은 오두막에서 간소하게 살았다. 어느 날 밤 선사는 누군가 살금살금 걸어 다니는 소리를 들었다. 대체 이 시간에 무슨 발걸음 소리인가 하고 선사는 소리 나는 쪽으로 가보았다. 오두막 밖에서 나는 소리는 아니었다. 그렇다고 보기에는 너무 가까이에서 들렸다. 선사는 혼자 살았으므로 동거인이 내는 소리도 물론 아니었다.

그리고 보아하니 웬 도둑이 값나가는 물건이 없나 하고 찾고 있었다. 하지만 도둑은 아무것도 찾지 못했다. 그래서 오두막을 나가려는데 바로 그때 선사가 도둑을 멈춰 세웠다. 선사는 도둑이 먼 길을 왔음이 분명한데 빈 손으로 보낼 수는 없다고 생각했다. 그래서 자신이 입고 있던 옷을 벗어서 선물로 주었다. 도둑은 너무 놀라서 아무 생각도 할 수 없었다. 그래서 옷을 얼른 받아들고 후다닥 도망쳤다.

이제 선사는 벗은 몸으로 자신의 오두막 앞에 앉아 달을 바라보았다. 어쩐지 그 도둑이 계속 생각났는데 그러다 생각했다.

'아휴, 불쌍한 사람, 내 왜 저 멋진 달을 줄 생각은 못 했을까?'

두 번째 화살

어느 날 한 남자가 선사를 찾아왔다. 남자는 자신을 떠난 아내를 격렬하게 비난했다.

"아주 나쁜 여자예요! 아주 고약해요. 어떻게 복수할까 하는 생각뿐이에요. 눈뜨자마자 계획을 짜요. 선사님 제가 왜 이런 고통을 당해야 합니까?"

선사가 대답했다.

"지금 당신에게 일어난 것 같은 나쁜 일이 일어나면 마치 가슴에 화살이 꽂힌 것 같지요. 아프지요. 끔찍합니다. 하지만 화살이 하나 더 있지요. 바로 그 아픔에 대한 당신의 반응입니다. 이것이 더 아픕니다. 당신이 지금 느끼는 게 그 두 번째 화살이고 그것이 바로 고통입니다."

지식욕 넘치는 교수

교수는 선사에게 한 수 배우고 싶었다. 그래서 선사가 사는 산으로 갔다.

산속에서 한동안 헤매다가 드디어 선사를 찾았다. 교수는 대학교수라 밝히며 자신을 소개했다.

그리고 선사에게 가르침을 받고 싶다고 했다.

"차를 드시겠소?" 선사가 문득 말했다.

교수는 그러겠다고 했다. 선사는 차를 준비한 후 교수에게 따라 주었다. 그런데 찻잔이 가득한데도 선사는 따르기를 멈추지 않았다. 결국 찻잔이 넘쳐 찻물이 찻상을 지나 바닥에까지 떨어졌다. 교수는 어쩔 줄 모르며 황급히 말했다.

"네, 네 충분합니다. 차가 넘치는 게 보이지 않습니

까? 가득 찼다고요!”

그러자 선사가 대답했다.

“이 찻잔처럼 당신도 지식과 판단으로 가득합니다. 새로운 것을 배우려면 빈 잔이 되어야 합니다.”

귀가 먼 개구리

개구리들이 경기를 위해 높은 탑 주위에 모였다. 탑 꼭대기까지 제일 먼저 올라가는 개구리가 이기는 경기였다.

경기가 시작되었고 많은 개구리가 참가했다. 그리고 그보다 더 많은 개구리가 그 경기를 보러 모여들었다.

그런데 개구리 관중들은 어차피 아무도 그렇게 높은 곳까지 올라가지는 못할 거라고 확신했다.

관중들은 사실 그런 자신들의 확신을 드러내기 위해서 그곳에 있었으므로 응원은커녕 야유하기에 바빴다.

한 개구리 관중이 "아이고! 너희들 다 못할 게 뻔하구나!"라고 하니 다른 관중이 "시도는 할 수 있겠지만 불가능하지."라고 했다. 그런가 하면 "너희들 다 그냥 실패자야."라고 소리치는 관중도 있었다.

그리고 관중들의 말이 진짜로 맞는 것 같았다. 시간

이 꽤 지나도 탑 꼭대기로 올라가는 데 성공하는 개구리는 한 마리도 없었다. 게다가 점점 더 많은 개구리가 아예 처음부터 포기해 버렸다.

그러는 동안에도 관중들은 "아무도 성공하기 못한다."고 외치기를 멈추지 않았다. 그리고 결국 정말 모두가 포기했다. 단 한 마리만 빼고. 한 마리만이 얼마 후 탑의 꼭대기까지 오르는 데 성공했다.

모두 놀라 어안이 벙벙해졌다. 도대체 그 개구리는 어떻게 그 일을 해낼 수 있었을까?

그래서 관중들이 그 개구리에게 어떻게 그렇게 높이 오를 수 있었는지 그 이유를 물었다. 그런데 그 개구리는 대답도 하지 않았다. 가까이 가서 보니 그 개구리는 귀가 먼 개구리였다.

감자 자루

선생님은 학생들에게 한 수 가르쳐 주고자 했다.

그래서 학생들에게 다음 날은 감자를 갖고 오라고 했다. 다만 자신이 특히 싫어하는 사람을 생각해 본 다음 그 사람 이름을 감자에다 적고 싫어하는 사람 수만큼 감자를 가져오라고 했다.

다음 날 아이들은 싫어하는 사람 이름을 적은 감자를 갖고 등교했다. 싫어하는 사람이 많아서 감자를 많이 갖고 온 아이들도 있었고 한두 개만 갖고 온 아이들도 있었다.

이제 선생님은 학생들에게 그 감자들을 그 주 내내 어디를 가든 갖고 다니라는 숙제를 내주었다.

하루이틀 지나자 감자가 썩어서 냄새가 진동했으므로 아이들은 감자를 들고 다니는 것이 싫었다.

감자가 많은 아이들은 무겁다고 또 투정을 부렸다.

그 주가 지나 모두 다시 모이자 선생님이 물었다.

“그래 지난 한 주가 어떠했느냐?”

“아이들은 나빴던 점만 말했다. 감자가 너무 무거웠고 냄새가 났다고 했다.

그러자 선생님이 말했다.

“너희들이 싫어하는 사람들도 그 무거운 감자와 똑같단다. 어디를 가든 매일 메고 다녀야 하지. 불편하고 무겁지만, 너희는 그 사람들을 메고 다니지. 썩은 감자 냄새가 참을 수 없는 것처럼 누군가를 싫어하는 마음도 사실은 참을 수 없는 거란다. 바로 그럴 때 고통스러운 거란다.”

붓다와 격분한 남자

어느 마을에 붓다가 나타났다. 마을 사람들 모두 기뻐하며 그를 맞았다. 붓다는 많은 가르침을 베풀었고 사람들은 깊이 경청했다.

갑자기 젊은 남자가 한 명 나타났다. 남자는 붓다가 하는 말을 전혀 믿지 않았고 붓다를 보려고도 하지 않았다.

남자는 붓다가 신봉자들을 속이려 드는 사기꾼이라고만 생각했다.

남자는 붓다의 설법이 한창일 때 방해하려고 저벅저벅 소리를 내며 붓다 앞으로 지나갔다.

하지만 붓다는 그런 남자를 무시했고 그러자 남자는 더 격분했다.

이제 남자는 곧장 붓다에게로 가서 그를 모욕했다.

"당신은 아무도 가르칠 수 없습니다. 당신도 여기 다른 사람들처럼 아는 것이 없잖아요. 그러니 그만두시오! 당신도 여기 이 사람들만큼 멍청해요. 그만두시란 말이오. 사기꾼 같으니라고!"

붓다의 설법을 경청하던 사람들이 매우 불쾌해하며 남자를 저지하려 했다. 하지만 붓다가 말렸다.

"누가 공격한다고 해서 공격으로 대응해서는 안 됩니다."

그리고 붓다는 그 격분한 젊은이에게 미소를 보내며 물었다.

"이 질문에 대답만 해 주시겠소? 당신이 누군가에게 선물을 주려는데 그 사람이 선물을 원치 않으면 그 선물은 누구의 것이오?"

젊은 남자는 질문의 의도를 알 수 없어 멈칫했지만, 대답은 했다.

"선물을 받지 않겠다고 하고 내가 그 선물을 샀으면 그 선물은 당연히 내 것이고 내가 가지면 되죠."

붓다가 미소를 지으며 말했다.

"분노도 마찬가지입니다. 당신이 분노하고 나에게 화를 내지만 내가 불쾌해하지 않고 그 분노를 받지 않으면 그 분노는 당신에게로 돌아갑니다. 결국 불행한 자는 당신 자신일 뿐입니다. 상처 입는 자는 당신 자신일 뿐이지요." 붓다의 말을 이해한 남자는 더 이상 아무 말도 하지 않았다.

할머니의 잃어버린 바늘

어느 날 오후 사람들이 보아하니 어떤 할머니가 집 앞에 나와 무언가를 찾고 있는 것 같았다.

사람들은 도와드릴까 하고 할머니에게 다가갔다.

"무슨 일입니까? 할머니, 뭘 그렇게 찾고 계세요?" 사람들이 물었다.

할머니는 바늘을 잃어버렸다고 했다.

그래서 할머니를 도와 모두 함께 바늘을 찾기 시작했다.

그런데 아무리 찾아도 바늘이 보이지 않았다. 그래서 한 사람이 할머니에게 물었다.

"길은 길고 바늘은 너무 작으니 찾기가 쉽지 않네요. 할머니, 혹시 정확하게 어디서 잃어버렸는지 아시겠어요? 그걸 알면 찾는 데 도움이 될 것 같아요."

할머니가 대답했다.

"집 안에서 잃어버렸다오."

그 말에 모두가 물었다.

"할머니 집 안에서 잃어버리셨는데 대체 왜 집 밖에서 찾고 계세요?"

"그게… 여기 바깥에는 햇살이 밝아서 찾기 좋은데 집 안은 그렇지 않잖소." 할머니가 대답했다.

어디로 가는지 말에게 물어보시오

어떤 사람이 말을 달리고 있었다. 뭔가 아주 급하게 처리해야 할 일이 있는 것 같았다. 길거리의 사람들이 모두 흥미롭다는 듯 주시했다. 대체 무슨 중요한 일이 있길래 저렇게 급하게 달리고 있는 걸까?

한 남자가 호기심에 소리쳐 물었다.

"어딜 그렇게 서둘러 가시오?"

말을 타던 남자가 대답했다.

"거참, 나도 모르겠소. 말에게 물어보시오!"

자신을 살피는 것이 서로를 살피는 것

옛날에 두 명의 곡예사가 살았다. 둘은 거리 공연으로 돈을 벌었다. 한 명은 나이 든 가난한 홀아비였고 다른 한 명은 메다라는 이름의 소녀였다. 둘은 스승과 제자 사이였다.

노인과 소녀는 먹고살 만큼만 벌어도 참 좋겠다고 생각했다. 그래도 둘은 매일 공연해야 했다.

공연은 쉽지 않았다. 사실 매우 어려운 공연이라 둘 다 극도의 집중력을 발휘해야 했다.

노인이 긴 대나무 막대기를 머리 위에 세우고 중심을 잡으면 소녀가 천천히 올라가 그 막대기 끝에 서는 공연이었다.

소녀가 위에 서 있는 동안 노인은 중심을 잡고 사방을 걸어 다녔다.

언제라도 다칠 수 있었기에 노인과 소녀는 늘 중심을 잘 잡아야 했다. 그래도 잘 집중했기 때문에 늘 큰 문제 없이 공연을 무사히 마칠 수 있었다.

어느 날 스승이 제자에게 말했다.

"메다야 잘 들어라! 우리는 서로를 잘 살펴야 한다. 네가 나를 살피고 내가 너를 살피면 우리는 잘 할 수 있다. 이게 우리가 완전히 집중해서 공연을 펼치고 쓸데없이 다치지 않는 방법이란다."

하지만 지혜가 뛰어났던 소녀는 이렇게 말했다.

"존경하는 스승님, 저는 그렇게 생각하지 않습니다. 각자 자신을 잘 살피는 게 분명 더 나을 겁니다. 그래야 무사히 공연을 마칠 수 있습니다. 자신을 살피는 것이 곧 서로를 살피는 것이니까요. 그렇게 해야만 다치지 않을 겁니다."

언젠가는 죽게 되어 있다

옛날에 잇큐(一休, 1394~1481)라는 이름의 선사가 살았다. 어릴 때부터 선사는 영리하기로 유명했다.

어린 잇큐가 어느 날 자신의 선생을 만나러 갔다. 선생은 아주 특별하고 아름다운 찻잔을 하나 갖고 있었다. 진귀한 물건이었다. 그런데 잇큐가 부주의로 그만 그 찻잔을 깨버리고 말았다. 잇큐는 당황해 어쩔 줄 몰랐다.

선생이 이제 곧 올 거라는 말을 들은 잇큐는 깨진 찻잔을 등 뒤로 숨겼다. 그리고 선생이 나타나자 물었다.

"선생님, 사람은 왜 죽어야 합니까?"

"원래 그런 거란다. 하나의 과정이지. 아주 자연스러운 것이고." 나이 지긋한 선생이 말했다.

"모든 것은 언젠가는 죽게 되어 있어. 인간은 단지 정해진 시간만 이 땅에서 머물다 가는 거란다."

잇큐는 등 뒤에 숨겼던 깨진 찻잔을 꺼내 놓고 말했다.

"선생님, 이 찻잔도 죽을 때였던 것 같습니다."

죽은 남자의 대답

마미야(間宮英宗, 1871-1945)가 가르침을 얻고자 스승을 찾아갔다. 마미야는 후에 훌륭한 선사가 될 터였다. 스승은 마미야에게 한 손이 어떻게 소리를 내는지 설명해 보라고 했다. 마미야는 두 손이 내는 소리는 알고 있었다. 그것을 우리는 손뼉이라고 한다. 하지만 한 손이 어떻게 소리를 내는지는 알 수 없었다.

마미야는 한 손이 소리를 내는 이유를 열심히 고심했다. "충분히 열심히 하지 않는구나." 스승이 마미야에게 말했다. "너는 먹을 것, 돈, 물건, 그리고 그 소리에 너무 집착하고 있다. 죽는 게 낫겠구나. 그럼 이 문제가 풀릴 것이다."

다음번 스승을 찾았을 때 스승은 다시 한 손이 내는 소리는 어떻게 되었는지 물었다. 마미야는 마치 죽은 것처럼 땅에 쓰러졌다.

"죽었다고? 그래 좋다." 스승이 말했다. "그럼 그 소리는 어떻게 되었느냐?"

"그 문제는 아직 해결하지 못했습니다." 마미야가 스승을 올려다보며 말했다.

"죽은 자는 말하지 않는다. 꺼지거라!" 스승이 말했다.

바람 속 깃발

48

두 스님이 길을 내려가고 있었다. 바람이 조금 부는 쌀쌀한 날이었다. 그때 한 스님이 다른 스님에게 말했다. "보시오, 깃발이 펄럭이는군."

다른 스님이 말했다. "아니오. 어리석으시기는. 바람이 펄럭이는 것이오." 그렇게 두 스님은 한동안 그 문제를 놓고 다퉜다.

"깃발이 펄럭이는 것이오!"

"바람이 펄럭이는 것이라니까요!"

싸움이 격해질 즈음 마침 그들의 스승도 그 길을 내려왔다. 두 스님은 판결을 바라며 스승에게로 달려갔다.

"스승님, 제발 판결해 주십시오. 저는 깃발이 펄럭이는 거라고 하고 이 사람은 바람이 펄럭이는 거라고 합니다. 누구 말이 옳은가요?"

스승은 날카로운 눈으로 둘을 꿰뚫어 보더니 말했다.

"둘 다 틀렸다. 펄럭이는 것은 너희들 마음이다!"

모쿠센의 손

모쿠센 히키(日置默仙, 1847~1920) 선사는 담바(丹波) 지역의 절에서 살았다. 선사를 따르던 불자 한 사람이 어느 날 선사에게 자신의 아내가 너무 인색하다고 불평했다. 그래서 모쿠센 선사는 그 불자의 아내에게 가서 불쑥 그녀의 코앞에 자신의 주먹을 쥐어 보였다. "아니, 왜 이러십니까, 스님?" 놀란 불자의 아내가 물었다.

"내 손이 늘 이런 상태라면 뭐라고 하겠습니까?" 모쿠센이 물었다.

"그야 불구라고 하겠지요." 불자의 아내가 대답했다.

그러자 이번에는 손을 활짝 펴더니 다시 그 아내의 얼굴 쪽으로 불쑥 내밀며 물었다.

"내 손이 늘 이런 상태라면 뭐라고 하겠습니까?"

"그야 그것도 역시 불구라고 하겠지요." 불자의 아내가 대답했다.

"그렇게 잘 알고 계신다면 당신은 훌륭한 아내입니다." 모쿠센이 말했다.

그리고 모쿠센은 돌아갔다. 그 후부터 불자의 아내는 남편을 도와 베풀기도 잘하고 아끼기도 잘했다고 한다.

꿈의 나라

"우리 학교 관리인 아저씨는 매일 오후가 되면 낮잠을 즐겨요." 소옌 샤쿠(釈宗演, 1860~1919) 선사의 제자 한 명이 말했다.

"우리가 아저씨에게 왜 그렇게 매일 낮잠을 자느냐고 물었더니 이렇게 대답했어요. '나는 꿈의 나라로 가서 옛날에 공자가 했던 것처럼 성인들을 만나는 거란다. 공자는 잠을 잘 때면 성인들의 꿈을 꾸었고 나중에 깨어나서 제자들에게 성인이 해 준 말을 전달했지.'

한번은 날이 너무 더워서 우리 중 몇 명도 낮잠을 잤지요. 그런데 관리인 아저씨가 그런 우리를 나무라는 거예요. '우리도 옛날에 공자가 했던 것처럼 성인들을 만나러 꿈의 나라로 갔던 거예요.' 우리도 즉시 설명했지요. '그래 성인이 뭐라고 하더냐?' 관리인 아저씨가 물었어요.

우리 중 누가 대답했어요. '우리는 꿈의 나라로 가서 성인을 만났고 우리 관리인 아저씨가 매일 오후에 그곳에 오는지 물었어요. 그랬더니 그런 사람 본 적도 없다고 하던데요?'"

51

감사는 주는 자가 하는 것

세이세츠(清拙正澄, 1274~1339. 중국 출신이나 일본으로 건너가 불법을 홍포했다.) 선사가 가마쿠라(鎌倉) 엔가쿠(円覚寺)에 있을 때였는데 그가 설법할 때마다 사람들이 몰려들었으므로 새로 큰 법당을 지어야 했다. 마침 에도에서 온 상인 우메자 세이베가 료라고 불리는 금화 오백 냥을 기부하기로 하고 그 돈을 세이세츠에게 갖고 왔다.

세이세츠가 말했다. "좋습니다. 돈을 받도록 하겠습니다."

우메자는 세이세츠에게 금화 자루를 주기는 했지만, 선사의 태도가 불만이었다. 료 금화 석 냥만 있어도 일 년을 사는데 오백 냥을 주고도 고맙다는 소리 하나 못 들었기 때문이다.

"이 자루 안에는 오백 료가 들어 있습니다." 우메자가 다시 한번 밝혔다.

"이미 그렇다고 말했잖습니까?" 세이세츠가 물었다.

"제가 부자이기는 하지만 저 같은 상인에게도 오백 료는 큰돈입니다." 우메자가 말했다.

"제가 감사해야 합니까?" 세이세츠가 물었다.

"그래야 하지 않을까요?" 우메자가 되물었다.

"왜 그래야 하지요? 감사는 주는 자가 해야지요." 세이세츠가 말했다.

52 돌부처 체포 사건

비단 장수가 비단 두루마리 오십 개를 매고 가다가 날도 덥고 해서 일찌감치 주막에 짐을 풀고 하룻밤 묵어가기로 했다. 주막 마당에는 큰 돌부처가 하나 서 있었다. 주막에서 자고 일어나 보니 비단 두루마리가 죄다 도둑맞고 없었다. 장수는 즉시 지역 관청에 가서 신고했다. 오-오카라는 재판관이 사건을 해결하고자 현장에 나타났다.

"이 돌부처가 비단 두루마리를 훔쳤음이 분명하오." 재판관이 확신했다. "돌부처는 모름지기 사람들이 잘 살게 도와야 하거늘, 그 성스러운 의무를 저버렸으니 돌부처를 체포해야겠습니다." 관청 사람들이 돌부처를 묶어 재판소로 끌고 갔다.

재판관이 돌부처에게 어떤 판결을 할지 궁금했던 사람들이 시끄럽게 떠들며 돌부처를 따라 재판소로 갔다. 재판장에 다시 나타난 오-오카가 시끄럽게 떠드는 군중을 나무랐다. "누가 그렇게 웃고 떠들며 재판장을 소란스럽게 하라고 했습니까? 재판장을 모욕한 죄가 크니 벌금을 물리고 옥살이를 시켜야겠습니다." 군중은 그 즉시 사죄했다.

"그래도 벌금은 물어야 합니다." 재판관이 말했다. "하지만 사흘 안에 비단 두루마리 하나를 갖고 오는 자는 벌금을 면제해 주겠습니다. 그렇지 못한 자는 체포될 것입니다."

비단 장수는 그렇게 해서 사람들이 가지고 온 두루마리 중 하나가 자신의 것임을 금방 알아차렸고 그렇게 간단히 도둑이 잡혔다. 비단 장수는 자신의 비단을 모두 돌려받았고 사람들은 가지고 온 각자의 비단을 돌려받았다.

운명의 손에 맡기다

53

일본의 장수 노부나가(織田信長, 1534~1582)는 열 배나 강한 적군을 공격하기로 결심했다. 노부나가는 이길 것을 확신했지만 부하들은 승리를 확신하지 못했다.

전쟁터로 나가는 길에 노부나가는 신사 앞에서 잠시 멈춘 후 부하들에게 말했다. "여기 이 신사에서 기도를 올린 다음 나는 동전을 던질 것이다. 머리 쪽이 나오면 이 전쟁에서 우리가 이길 것이고 숫자 쪽이 나오면 우리가 질 것이다. 이제 이 전쟁은 이 운명의 손안에 달렸다."

노부나가는 신사에게 기도하며 혼자 조용히 무언가를 빌었다. 그리고 밖으로 나와 동전을 던졌다. 머리 쪽이었다. 병사들은 그 즉시 의심을 거둬들이며 그 전투에서 꼭 이길 것을 다짐했다.

그들은 전투에서 이겼고 그러자 하인이 노부나가에게 말했다. "운명의 손을 거스를 자 누가 있겠습니까?"

"꼭 그렇지는 않다." 그렇게 말하고 노부나가는 양쪽 모두에 머리가 새겨져 있는 동전을 보여 주었다.

세상에서 가장 값진 것

당나라 조산(曹山本寂, 840~901) 스님의 제자가 물었다.
"세상에서 가장 값진 것은 무엇입니까, 스님?"

선사가 대답했다. "죽은 고양이의 대가리다."

"죽은 고양이의 대가리라고요? 왜 그렇습니까?" 제자가 물었다.

"아무도 값을 매길 수 없기 때문이다." 조산 스님이 대답했다.

54

돌이 든 머리

당나라 문익(法眼文益, 885~958) 선사가 조그마한 외딴 절에서 혼자 살고 있을 때였다. 어느 날 네 명의 나그네 스님이 나타나 마당에서 불을 피워 몸 좀 데워도 되겠느냐고 물었다. 그렇게 불을 피우는가 싶었는데 듣자 하니 나그네 스님들은 주체와 객체에 대해 논하고 있었다. 그러자 선사가 그들에게 가서 말했다. "여기 큰 돌이 하나 있소. 이 돌은 당신들 정신 안에 있소? 아니면 밖에 있소?"

스님 한 명이 답하기를 "불교에서는 모든 것이 정신에 달렸다고 하니 그 돌은 제 정신 안에 있다고 말하겠습니다."

"그렇다면 당신 머리는 아주 무겁겠구려. 이런 돌을 넣고 다니려면." 선사가 말했다.

55

일하지 않는 자
먹지도 말지어다

당나라 백장 회해(百丈 懷海, 720~814) 스님은 여든이 되어도 제자들과 함께 일했다. 정원을 손질했고 방바닥을 깨끗이 닦았고 나무의 가지를 정리했다. 제자들은 연로한 스승이 일을 너무 많이 하는 게 걱정스러웠다. 하지만 쉬시라 해도 그러지 않으실 걸 잘 알았다.

그래서 제자들은 새벽에 일어나 스승이 일할 때 쓰는 도구들을 모두 숨겨 버렸다. 그날 스승은 아무것도 먹지 않았다. 그다음 날도 또 그다음 날도 스승은 아무것도 먹지 않았다. "어쩌면 우리가 도구들을 다 숨겨 버려서 화가 나신 건지도 몰라." 제자들은 추측했다. "다시 돌려드리는 것이 낫겠어."

그렇게 돌려드린 날 스승은 다시 일했고 밥도 먹었다. 그리고 그날 저녁 스승은 제자들에게 이렇게 가르쳤다. "일하지 않는 자 먹지도 말지어다."

귀신과 콩

젊은 부인은 너무 아파서 곧 죽을 것 같았다.

"나는 당신을 너무 사랑해요." 젊은 부인이 남편에게 말했다. "나는 당신을 절대 떠나지 않을 거예요. 내가 죽어도 다른 여자한테 가지는 말아요. 만약에 그러면 귀신으로 돌아와 당신을 괴롭힐 거예요."

그 얼마 후 부인은 정말 죽었다. 남편은 첫 석 달 동안에는 부인의 마지막 바람을 들어주었으나 곧 다른 여자를 알게 되었고 사랑하게 되었다.

얼마 안 가 둘은 약혼했다. 그런데 약혼하자마자 남자에게 밤마다 귀신이 나타나 약속을 지키지 않았다며 그를 비난했다.

귀신은 남자와 그의 새 약혼녀 사이에 일어나는 일

57

이라면 모르는 게 없었다. 남자가 약혼녀에게 선물을 할 때마다 귀신은 그 선물에 대해 상세히 말했다. 심지어 약혼자와 나눈 대화까지 재연했다. 남자는 너무 괴로워서 잠을 이루지 못했다.

그때 누가 남자에게 마을 외곽에 사는 선사에게 가서 의논해 보라고 조언했다. 지푸라기라도 잡는 심정으로 남자는 결국 선사를 찾아가 도움을 청했다.

"당신의 죽은 아내가 귀신이 되어 당신이 무슨 일을 하든 다 알아차린단 말이지요? 당신이 하는 일, 말, 약혼자에게 주는 것까지 다 알고요? 그렇다면 아주 똑똑한 귀신임이 틀림없네요. 똑똑한 귀신은 칭찬해 줘야지요. 이번에 귀신이 또 나타나면 협상을 하나 하세요. 귀신에게 너무 똑똑하다고 하고 도무지 아무것도 숨길 수가 없다고 하세요. 그리고 마지막으로 질문을 하나 할 텐데 그 질문에 답을 하기만 하면 파혼하고 평생 혼자 살겠다고 하세요." 선사가 말했다.

"무슨 질문 말인가요?" 남자가 물었다.

선사가 대답했다. "한 주먹 가득 메주콩을 쥔 다음 당신 손안에 콩이 정확하게 몇 개 들어 있는지 물어보세요. 귀신이 대답을 못 하면 그 귀신은 환영이므로 더 이상 당신을 괴롭히지 못할 겁니다."

그날 밤 귀신이 나타났을 때 남편은 빙긋이 웃으며 귀신에게 당신은 모르는 게 없다고 말했다.

"그렇지요." 귀신이 대답했다. "나는 당신이 오늘 선사를 찾아간 것도 알아요."

이제 남자가 물었다. "그렇게 모르는 게 없다면 이제 말해 보시오. 내가 지금 콩을 몇 개나 쥐고 있는지!"

남자는 귀신이 대답하기를 기다렸다. 하지만 사실 귀신은 이미 사라져 버렸으므로 대답도 할 수 없었다. 그날 이래 귀신은 더 이상 나타나지 않았다.

외눈박이 논법

탁발승은 절에 거주하는 스님과의 교리 논쟁에서 이기면 그 절에 기거할 수 있다. 논쟁에서 지면 절을 떠나 탁발을 계속한다. 일본 북부 지방의 어느 절에는 두 형제 스님이 살았다. 동생 스님은 외눈박이였다. 형 스님은 배운 게 많았고 영리했는데 동생 스님은 좀 아둔한 쪽이었다.

어느 날 한 탁발승이 그 절에 들러 하룻밤 잠을 청하며 형제 스님에게 불법(佛法) 논쟁을 신청했다. 형 스님은 그날 유난히 수련을 많이 해 피곤했으므로 동생 스님에게 혼자 신청을 받으라고 했다.

"가서 논쟁하되 말없이 논쟁해 보거라." 형 스님이 당부했다.

그래서 동생 스님과 나그네 스님은 함께 사당으로 가 결가부좌 자세를 취했다. 그리고 논쟁하는가 싶더니 얼마 안 가 나그네 스님이 자리를 털고 일어나 형 스님에게 가서 말했다. "동생 분 참 대단하구려. 내가 졌소!"

"어떻게 그렇게 됐소?" 형 스님이 물었다.

"그게, 내가 먼저 손가락 하나를 펴 보였소. 깨달은 자, 붓다를 뜻하는 거였소. 그랬더니 그가 손가락 두 개를 펴 보이며 붓다와 붓다의 가르침을 암시했소. 그래서 내가 또 손가락 세 개를 펼쳐 보이며 붓다, 붓다의 가르침, 그리고 그를 따르며 조화롭게 살아가는 그의 제자들을 상징했소. 그랬더니 그가 내 얼굴에다 대고 주먹을 흔드는 것이오. 바로 그 세 개가 모두 단 하나의 앎에 기인함을 보여 주는 거였소. 그렇게 그가 이겼소. 그러니 나는 여기 머물 권리가 없소."

그렇게 말하고 나그네 스님은 떠났다.

"그 탁발승 어디 있어요?" 동생 스님이 와서는 형 스님에게 소리치듯 물었다.

"네가 이겼다고 들었다."

"나는 이기지 않았어요. 내가 그놈 손 좀 봐줘야겠어요."

"무슨 일이 있었느냐?" 형 스님이 물었다.

"그놈이 대뜸 손가락 하나를 펼쳐 보이면서 나를 조롱하잖아요. 내가 눈이 하나뿐이란 걸 놀리면서요. 손님이고 하니까 참아야지 싶어서 내가 손가락 두 개를 펴 보이면서 '그래 너는 눈이 두 개라서 좋겠다'고 했어요. 그런데 그놈이 손가락 세 개를 펴 보이면서 우리 둘이 합쳐 봐야 눈이 세 개뿐이라고 하는 거예요. 그러니까 참을 수가 있어야지요? 주먹으로 한 대 쳐주려고 했는데 냅다 도망치잖아요. 논쟁이고 뭐고 그렇게 끝났어요!"

한 손이 내는 소리 59

모쿠라이(竹田黙雷, 1854~1930)는 겐닌사(建仁寺)의 선사였다. 그의 밑에는 토요라는 열두 살 난 동자승도 있었다. 토요는 사형(師兄) 스님들이 모쿠라이 선사의 방에서 매일 조석으로 가르침을 받는 것을 보았다.

토요도 사형 스님들처럼 가르침을 받고 싶었다.

"기다리거라." 모쿠라이가 말했다. "너는 아직 너무 어리다."

하지만 토요는 의지를 굽히지 않았고 결국 모쿠라이는 그럼 그렇게 하라고 했다.

그날 저녁 어린 토요는 시간에 맞춰 모쿠라이 선사의 방 문턱을 넘었다. 종을 한 번 울려 자신이 왔음을 알

렸고 문 앞에서 예의를 갖춰 세 번 허리를 숙이며 인사한 후 들어가 존경하는 스승님 앞에 조용히 앉았다.

"너는 두 손이 내는 소리를 들어봤을 것이다. 그럼 이제 한 손이 내는 소리가 무엇인지 나에게 보여 주거라." 모쿠라이가 지시했다.

토요는 다시 허리를 숙여 인사하고 자신의 방으로 가 그 문제를 생각해 보았다. 창문 밖에서 게이샤의 노랫소리가 들려왔다.

"아! 바로 이거야!" 토요는 소리쳤다.

다음 날 밤, 스승이 한 손으로 내는 소리를 말해 보라고 하자 토요가 게이샤의 노래를 부르기 시작했다.

"아니, 아니." 모쿠라이가 말했다. "완전히 틀렸다. 그것은 한 손이 내는 소리가 아니야. 너는 그 답을 알아낼 수 없겠구나!"

게이샤의 노래가 방해되어 토요는 좀 더 조용한 곳으로 방을 옮겼다. 그리고 다시 한 손이 낼 수 있는 소리에 대해 명상했다. 그때 갑자기 물이 떨어지는 소리가 들렸다. '아! 바로 이거야!' 토요는 생각했다.

다음날 스승님 앞에서 토요는 물방울이 떨어지는

소리를 흉내냈다.

"그게 무엇이냐?" 모쿠라이가 말했다. "그건 물방울이 떨어지는 소리지 한 손이 내는 소리가 아니구나. 더 찾아보아라."

보람도 없이 토요는 한 손이 내는 소리에 대해 계속 명상했다. 바람의 소리가 그것인가 했더니 아니었고 올빼미 소리가 그것인가 했더니 그것도 아니었다.

열 번도 넘게 토요는 각각 다른 소리를 갖고 모쿠라이를 찾아갔다. 다 아니었다. 그렇게 토요는 거의 일 년을 한 손이 내는 소리가 무엇인지 고심했다.

그러던 어느 날 토요는 마침내 깊은 명상에 들어갔고 그러자 주변의 모든 소리가 사라졌다.

"더 이상 아무 소리도 들을 수 없었어요." 나중에 토요가 설명했다. "그렇게 저는 소리 없는 소리가 무엇인지 알게 되었어요."

토요는 한 손이 내는 소리가 무엇인지 알아냈다.

모든 것이 최고

당나라 반산(盤山寶積, 720~814) 선사가 저잣거리를 걷다가 푸줏간에서 주인과 손님이 하는 소리를 들었다.

"이 가게에서 최고로 좋은 고기를 주시오." 손님이 말했다. 주인은 고깃덩어리 하나를 집었다.

"이게 정말 이 가게에서 최고로 좋은 고기요?" 손님이 물었다.

"이 가게에 있는 것은 모두 최고요." 주인이 대답했다. "최고가 아닌 고기는 여기 없소."

침착함

61

어느 날 지진이 일어나 절이 통째로 흔들렸다. 절 한쪽은 심지어 무너졌다. 스님들이 겁을 많이 먹었다. 지진이 지나가자 큰 스님이 말했다. "불교 수행자가 위기 상황에 어떻게 행동해야 할지 배울 좋은 기회였구나. 너희들도 보았을 것이다. 나는 공포에 사로잡히지 않았다. 나는 무슨 일이 일어나고 있는지 분명히 의식했고 어떻게 행동해야 하는지도 잘 알았다. 나는 너희들을 모두 이 절에서 가장 튼튼한 이 부엌으로 데리고 왔다. 지금 우리 중에 아무도 다치지 않았으니 좋은 결정이었음이 분명하다. 물론 그렇게 침착하고 태연했음에도 불구하고 나도 조금은 긴장했었다. 혹시 너희들도 보았는지 모르겠다면 보통 때와 달리 물을 한 주발이나 들이켜야 했지."

그러자 듣고 있던 스님 중 한 명이 씨익 웃었다. 하지만 아무 말도 하지는 않았다.

"너는 왜 웃는 것이냐?" 스승이 물었다.

"그건 물이 아니었습니다." 제자 스님이 말했다. "그건 간장 주발이었습니다."

인생의 마지막 순간에 보인 미소

모쿠겐(黙玄元寂, 1629~1680) 선사는 살면서 마지막 날까지 한 번도 웃는 모습을 보인 적이 없는 것으로 유명했다. 죽을 때가 되었을 때 선사는 제자들에게 말했다. "너희는 내 밑에서 십 년도 넘게 배웠다. 이제 나에게 선의 본질이 무엇인지 보여 주거라. 그것을 가장 잘 보여 주는 사람이 내 후계자가 되어 내 장삼과 가사를 물려받으리라."

제자들은 스승의 엄숙한 얼굴만 바라볼 뿐 아무도 대답하지 못했다.

그러다 모쿠겐 선사 밑에서 오랫동안 수행한 엔초가 스승이 누워 있는 이부자리로 다가갔다. 그리고 약 주발을 몇 센티미터 스승 쪽으로 밀었다. 그것이 스승의 명령에 대한 그의 대답이었다.

스승의 표정이 더 엄숙해졌다. "그것이 네가 이해한 것의 전부더냐?" 스승이 물었다.

그러자 엔초는 또 손을 뻗어 약 주발을 다시 제자리로 밀었다.

모쿠겐 선사의 표정이 환하게 밝아지더니 아름다운 미소가 떠올랐다. "개구쟁이 같으니라고." 모쿠겐 선사가 엔초에게 말했다. "너는 내 밑에서 십 년을 수행했다. 내 장삼과 가사를 가지거라. 너의 것이다."

걸인의 삶과 선(禪)

63

토스이(桃水雲渓, 1612~1683)는 당대에 유명한 선사였다. 여러 절에서 살았고 여러 지방에서 가르쳤다.

어느 날 어느 절에 가 보니 그의 신봉자들이 너무 많이 와 있었다. 토스이는 이제 가르치는 일에서 손을 떼겠다고 선언하며 모두 각자 가고 싶은 곳으로 가라고 했다. 그것이 그가 방문했던 마지막 절이었다. 그날 이후 그를 본 사람은 아무도 없었다.

그러고 3년 후 그의 제자 하나가 그가 걸인 몇 명과 교토의 어느 다리 밑에서 살고 있음을 알게 되었다. 제자는 토스이에게 다시 가르침을 베풀어 주십사 간곡히 부탁했다.

"네가 여기서 나처럼 단 며칠만 살 수 있다면 내 너를 다시 가르치마." 토스이가 대답했다.

제자는 바로 그때부터 걸인이 되어 토스이와 시간을 보냈다. 다음날 걸인 중 한 명이 죽었다. 토스이와 제자는 한밤중에 시체를 날라 산비탈에 묻었다. 그러고 나서 다시 다리 밑 은신처로 돌아왔다.

토스이는 남은 밤 동안 한 번도 깨지 않고 숙면했지만 제자는 잠을 이룰 수 없었다. 다음날 아침이 밝아오자 토스이가 말했다. "오늘은 먹을 걸 구걸하지 않아도 된다. 죽은 친구가 저기 뭔가 먹을 걸 조금 남겨 놓았으니까."

하지만 젊은 제자는 죽은 친구가 먹다 남긴 음식을 조금도 삼키지 못했다.

"나처럼 살 수 없을 거라 하지 않았더냐. 그만 가보거라. 그리고 다시는 나를 귀찮게 하지 말거라." 토스이가 결론을 내렸다.

욕심 많은 화가

64

게센(月船禪慧, 1701~1781)은 스님이자 화가였다. 게센은 어떤 그림이든 요청이 들어오면 그리기 전에 선불을 요구했고 그의 그림은 비쌌다. 그래서 게센은 '욕심 많은 화가'로 통했다.

한번은 어떤 게이샤가 그림을 의뢰했다. "얼마나 줄 수 있소?" 게센이 물었다.

"늘 받으시는 대로요." 여인이 대답했다. "단 내 앞에서 그려 주신다면요."

그림을 그릴 날이 와서 게이샤는 게센을 불렀다.

게센은 능숙한 붓놀림으로 그림을 그렸다. 그리고 다 그리자 그 어느 때보다 큰돈을 불렀다.

게센은 돈을 받았다. 게이샤는 그에게서 등을 돌리며 혼자 생각했다. '이 사람이 원하는 것은 돈뿐이로군. 이 사람의 그림은 아름다울지 몰라도 이 사람의 정신은 더러워. 돈 때문에 사람이 더럽게 됐어. 더러운 정신이 그린 그림을 사람 보는 데 걸어 둘 수는 없지.'

여인은 속치마를 벗어 속치마 안쪽에 다시 그림을 그려 달라고 했다.

"얼마나 줄 수 있소?" 게센이 물었다.

"오! 원하시는 대로요." 여인이 대답했다.

게센은 깜짝 놀랄 만큼 큰돈을 불렀고 게이샤가 좋다고 하자 그녀가 원하는 대로 그림을 그려 주고 떠났다.

후에 게센이 그토록 돈을 밝힌 세 가지 이유가 밝혀졌다.

그의 고향에는 극심한 기근이 잦았다. 부자들은 가난한 사람들을 돕지 않았으므로 게센은 아무도 모르는 비밀 장소에 곡식을 채워 놓고 기근이 올 때를 대비하려

했다.

게센 고향에는 민족 성지로 이어지는 길이 있는데 그 상태가 매우 나빠서 순례자들이 큰 괴로움을 당하고 있었다. 게센은 그 길을 더 잘 닦고 싶었다.

게센의 스승은 절을 하나 짓겠다는 일생의 바람을 완수하지 못하고 열반했다. 게센은 스승을 위해 그가 시작한 절을 완공하고 싶었다.

이 세 바람을 충족시키고 나자 게센은 붓과 다른 그림 도구들을 버리고 산속으로 들어가 다시는 그림을 그리지 않았다.

폐하의 옷

야마오카 텟슈우(山岡鉄舟, 1836~1888)는 천황의 교사였다. 그리고 검도의 대가였고 선(禪)에 조예가 깊었다.

야마오카는 옷이 한 벌 뿐이었는데 그나마도 이미 낡을 대로 낡았다.

천황이 그런 그를 보고 돈을 주며 새 옷을 지어 입으라고 했다. 그런데 다음에 볼 때도 야마오카는 여전히 낡은 옷을 입고 있었다.

"새 옷은 어떻게 되었소, 야마오카?" 천황이 물었다.

"아이들에게 옷을 사 주었습니다. 폐하" 야마오카가 해명했다.

뭣하는 것이냐!
뭐라는 것입니까!

무난(至道無難, 1603~1676) 선사에게는 제자가 한 명뿐이었다. 제자의 이름은 소주(道鏡慧端, 1642~1721)였다. 소주의 공부가 끝나자 무난은 소주를 자신의 방으로 불렀다.

"나는 이제 늙었다." 스승이 말했다. "그리고 보아하니 나의 가르침을 이어갈 사람은 너뿐이로구나. 여기 이 책을 내가 너에게 주겠다. 이 책은 스승에서 제자로 7대에 걸쳐 내려온 책이다. 나도 선(禪)에 대해 내가 이해한 점들을 많이 추가해 두었다. 이 책을 내가 너에게 줄 테니 소중히 여기고 너의 제자들을 가르치는 데 요긴하게 쓰기 바란다."

"이 책이 그렇게 소중하면 스승님께서 계속 간직하시는 게 옳을 듯합니다." 소주가 말했다. "저는 무얼 써서 기록하려고 스승님께 배운 것이 아니고 이대로 좋습니다."

"나도 안다." 무난이 말했다. "그래도 7대에 걸쳐 내려온 것이니 나에게서 배웠음을 상징하는 물건으로 가지고 있으면 된다. 자, 여기 있다."

그 책이 자신의 손에 닿자마자 소주는 훨훨 타오르는 화로로 그 책을 밀어 버렸다. 소주는 무언가를 소유하고 싶은 생각이 없었다.

무난이 크게 화를 내며 소리쳤다. "뭣하는 것이냐!"

그러자 소주도 받아 소리쳤다. "뭐라는 것입니까!"

한밤의 나들이

센가이(仙厓義梵, 1750~1837) 선사 밑에는 명상 기술을 배우는 학승들이 많았다. 그중에는 한밤중에 절 담벼락을 넘어 저잣거리 나들이를 하는 버릇이 있는 학승도 한 명 있었다.

어느 밤 센가이가 스님들이 자는 방을 둘러보니 그 학승은 없고 담벼락에 학승이 타고 넘어갔음에 분명한 높은 걸상만이 하나 놓여 있었다. 센카이는 걸상을 치우고 그 자리에 서서 기다렸다.

돌아온 학승은 센카이가 걸상 대신 그곳에 서 있음을 모르고 스승의 머리를 밟고 땅 위로 뛰어내렸다. 그리고 자신이 방금 한 짓을 깨닫고는 경악했다.

센가이가 말했다. "새벽에는 쌀쌀하구나. 감기에 걸리지 않게 조심하거라."

그 후로 학승은 절대 밤에 나가지 않았다.

좋은 수

옛날에 일본에서는 대나무와 종이로 초롱을 만들어 밤길에 들고 다녔다. 어느 날 친구 집에서 저녁 시간을 보낸 눈먼 남자가 집으로 돌아가려 하자 친구가 초롱을 손에 들려 주었다.

"나는 초롱은 필요 없네." 눈먼 남자가 말했다. "어두우나 밝으나 나한테는 마찬가지잖나."

"자네가 길을 찾는데 초롱이 필요 없다는 것쯤은 나도 알고 있네." 친구가 말했다. "하지만 이 초롱을 들고 있지 않으면 다른 사람이 자네를 못 볼 수도 있지 않겠나. 그러니까 가지고 가게나."

눈먼 남자는 친구 말대로 초롱을 들고 길을 나섰다. 그런데 얼마 안 가 누군가가 팔을 치고 지나갔다. "조심하시오. 사람이 있으면 피해야지 않소!" 눈먼 남자가 소리쳤다. "이 불빛이 보이지 않소?"

그러자 그 낯선 사람이 말했다. "초가 꺼져 있어서 못 보았습니다."

아무것에도 묶이지 않기

에이헤이사(永平寺)의 주지 스님 기타노 겜포(北野元峰, 1842~1933)는 1933년 입적할 때 92세였다. 스님은 평생 아무것에도 묶이지 않으려 노력했다. 스무 살 탁발승이었을 때 스님은 우연히 담배를 피우는 여행자를 만났다. 같이 산을 내려가다가 둘은 어느 나무 아래서 잠시 쉬기로 했다. 여행자가 기타노에게 담배를 하나 권했고 당시 기타노는 갈망이 많은 청년이었기에 그 담배를 받았다.

'담배는 얼마나 달콤한 것인가?' 기타노는 생각했다. 여행자는 여유분의 담뱃대와 담배를 나눠주고 가던 길을 갔다.

기타노는 생각했다. "이렇게 달콤한 것이라면 수행에 좋지 않겠어. 너무 빠지기 전에 지금 그만둬야지." 기타노는 흡연 도구들을 버렸다.

스물세 살 때 스님은 우주에 대한 가장 깊은 가르침이라는 주역을 공부했다. 당시는 겨울이었고 스님은 두꺼운 옷이 필요했다. 그래서 어쩔 수 없이 멀리서 사는 스승에게 도와주십사 편지를 쓰고 나그네에게 편지를 전해달라 부탁했다.

하지만 겨울이 다 가도록 아무 소식도, 옷도 오지 않았다. 그러자 기타노는 스승이 편지를 받았는지 못 받았는지 보기 위해 주역을 더욱 열심히 공부해 초능력까지 획득했다. 그리고 스승이 편지를 못 받았음을 확신했다. 나중에 스승에게서 온 편지에도 옷에 대한 언급은 없었다.

"주역에 너무 통달하면 수행에 소홀할 수 있어." 기타노는 생각했다. 그래서 훌륭한 주역을 더 이상 공부하지 않았고 초능력도 다시는 사용하지 않았다.

스물여덟 살 때 스님은 중국 서예와 한시를 공부했다. 서예와 한시에 어찌나 능했던지 선생이 그를 매우 칭찬했다. 기타노는 생각했다. "지금 그만두지 않으면 나는 선사가 아니라 시인이 될 거야."

그래서 시도 더 이상 쓰지 않았다.

천황과 선사

독실한 불교 신자였던 천황이 대선사를 황궁에 초대해 불교에 관해 물었다.

"존엄한 불교에서 말하는 최고의 진리를 말씀해 주시겠습니까?"

"세상만사 공(空)입니다… 존엄함도 공입니다"

선사가 대답했다.

"존엄함이 없다면" 천황이 말했다. "당신은 누구시고 무엇이오?"

"나도 모르오." 선사가 대답했다.

자기중심성이란?

71

중국 당나라 때 나라의 관료이자 군대의 수장으로서 큰 공을 세운 덕분에 국민 영웅의 위상을 누렸던 재상이 있었다. 하지만 그런 명성에도 불구하고 재상은 자신을 겸손한 사람이자 불교 신자로 여겼다. 그래서 존경해 마지않는 선사를 자주 만나 불교를 공부했는데 둘은 서로를 매우 잘 이해하는 듯했다. 그가 아무리 지체 높은 재상이라도 둘은 분명 그저 존경받는 스승이자 존경심 가득한 제자일 뿐이었다.

어느 날 늘 그렇듯 선사를 만나러 간 재상이 선사에게 물었다. "존경하는 선사님, 자기중심성(egoism)을 불교는 어떻게 보고 있습니까?" 그런데 얼굴이 갑자기 붉으락푸르락해지더니 선사가 매우 거만한 목소리로 심히 불쾌하다는 듯 쏘아붙였다. "무슨 그런 멍청한 질문이 다 있소?!"

너무 뜻밖의 반응에 재상은 멍한 상태인가 싶더니 곧 불쾌감이 밀려왔고 급기야 화가 치밀었다. 그러자 선사는 온화한 미소를 띠며 말했다. "바로 그것이 자기중심성입니다."

나비의 꿈

72

도가의 대사상가 장자는 어느 날 꿈에서 나비가 되어 여기저기 날아다녔다. 그 꿈에서 장자는 자신이 실제로 인간임을 전혀 의식하지 않았다. 그는 단지 나비였다. 돌연 깨어난 장자는 인간으로 누워 있는 자신을 발견했다. 그러자 이런 생각이 들었다. "나는 나비가 되는 꿈을 꾼 인간인가? 인간이 되는 꿈을 꾸는 나비인가?"

73

코끼리와 벼룩

카플레오(Philip Kapleau, 1912~2004) 선사가 어느 정신분석가 기관의 사람들에게 선을 가르치기로 했다. 기관의 관장이 사람들에게 카플레오 선사를 소개했다. 그러자 선사는 조용히 바닥에 놓여 있던 방석 위로 가 앉았다. 청중 한 명이 앞으로 나와 머리를 숙여 인사한 후 선사 앞 몇 미터 떨어진 곳에 있는 방석 위에 앉았다.

"무엇이 선(禪)입니까?" 그 사람이 물었다. 선사는 주머니에서 바나나를 하나 꺼내더니 껍질을 벗기고 먹기 시작했다.

"그게 다입니까? 더 보여 줄 것이 없으신가요?" 그 사람이 물었다.

"가까이 오시기 바랍니다." 선사가 부탁했다. 그 사람은 가까이 왔다. 그러자 선사는 먹다 남은 바나나를 흔들며 그에게 인사했다. 그 사람은 다시 머리를 숙여 인사한 후 제자리로 돌아갔다.

또 어떤 사람이 일어나더니 청중 쪽으로 몸을 돌려 물었다. "다 이해하셨습니까?

대답이 없자 그 사람은 덧붙여 말했다. "여러분은 방금 선에 대한 특급 진술을 보셨습니다. 또 다른 질문 없습니까?"

긴 침묵이 흐른 후 누군가가 말했다. "선사님, 저는 잘 모르겠습니다. 우리에게 무언가를 보여 주시긴 하셨는데 저는 이해하지 못했습니다. 무엇이 선인지 말씀으로 알려 주실 수는 없는지요?"

"꼭 말로 들으셔야겠다면," 선사가 대답했다. "선은 벼룩과 교접하는 코끼리입니다."

언젠가는 지나간다

제자가 스승에게 와서 말했다. “도대체 명상이 되지 않습니다! 계속 딴생각을 하거나 다리가 너무 아프거나 잠만 잡니다. 정말 끔찍해요!”

“지나갈 것이다.” 스승은 군더더기 없이 이렇게만 말했다.

그 한 주 후 제자가 다시 나타났다. “스승님, 스승님 말씀이 맞았어요. 명상이 아주 잘 돼요! 다 알아차리고 마음이 아주 평안해요. 이보다 더 살아 있을 수가 없어요. 정말 멋집니다!”

“지나갈 것이다.” 스승은 군더더기 없이 이렇게만 말했다.

단 두 어절

그곳 수도원은 규율이 매우 엄격했다. 무엇보다 그 누구도 말을 해서는 안 되었다. 물론 이 규칙에도 예외는 있었다. 다름 아니라 십 년 묵언 수행을 끝마친 스님은 단 두 어절을 말할 수 있었다.

십 년 묵언 수행을 마친 어떤 스님이 큰스님에게로 갔다.

"십 년이 지났구나." 큰스님이 말했다

"두 어절을 말해 보거라."

"이부자리가 딱딱합니다." 스님이 말했다.

"알겠다." 큰스님이 대답했다.

그 후 또 십 년이 흘렀다. 스님은 다시 큰스님 앞에 앉았다.

"벌써 십 년이 지났구나." 큰스님이 말했다. "하고 싶은 말을 해 보거라."

"밥맛이 없습니다." 스님이 말했다.

"알겠다." 큰스님이 말했다.

그 후 또 십 년이 흘렀고 스님은 또 큰스님 앞에 앉았다.

큰스님이 또 물었다. "두 어절을 말해 보거라."

"절을 나가겠습니다!" 스님이 말했다.

"그래라. 그 이유는 내 잘 알겠다." 큰스님이 대답했다. "너는 불평만 하는구나."

가혹한 가르침

왕초 아버지의 아들이 왕초 아버지에게 들키지 않고 도둑질하는 기술을 가르쳐 달라고 했다.

왕초 아버지는 그러기로 하고 그날 밤 아들을 데리고 큰 집을 털러 나갔다.

그 집 가족들이 자는 동안 아버지 도둑은 조용히 어린 아들 제자를 옷방이 있는 방으로 데리고 갔다. 그리고 아들에게 옷장으로 들어가 값나가는 옷을 찾아보라고 했다. 아들이 그러고 있는 동안 아버지가 냉큼 옷장 문을 닫는가 싶더니 빗장까지 걸어 버렸다. 그러고는 다시 그 집 밖으로 나와 집 대문을 쾅쾅 두드려 가족들을 다 깨운 다음 누가 자신을 보기 전에 잽싸게 도망쳤다. 그 몇 시간 뒤 아들이 기진맥진한 채 집으로 돌아왔다.

"아버지!" 화가 난 아들이 소리쳤다. "왜 나를 그 옷장에 가두셨어요? 잡힐까 봐 얼마나 조마조마했던지 십 년감수했잖아요. 도망치려고 아주 머리를 쥐어 짜내야 했다고요!"

왕초 아버지 도둑은 웃으며 말했다. "아들아 그게 바로 도둑질에서 제일 먼저 배워야 할 것이다."

77

가장 큰 깨달음

유명한 선사가 말했다. 자신이 곧 붓다임을 깨달은 것이 자신이 깨달은 가장 큰 깨달음이라고. 그 깨달음의 깊이에 매료된 한 스님이 그 깨달음을 화두로 삼고 정진하기 위해 절을 떠나 산으로 들어갔다. 산속에서 스님은 혼자 20년을 살며 그 큰 깨달음을 연구했다.

그러다 어느 날 산을 넘고 있는 다른 스님을 만났다. 그리고 그 스님도 그 같은 선사 밑에서 수행했음을 금방 알아보았다.

"부디 말씀해 주시오. 선사님의 큰 깨달음에 대해 당신이 알고 계신 것을 말입니다."

산을 넘던 그 스님이 두 눈을 반짝였다. "아! 선사님께서 아주 명확하게 말씀해 주셨습니다. 자신이 부처가 아님을 깨달은 것이 가장 큰 깨달음이었다고 말입니다."

인생의 물음표를 느낌표로 바꿔 주는
선승과 필부들의 짧은 이야기 모음

2022년 7월 4일 초판 1쇄 발행

지은이 시바 싱(Shiva Singh) • 옮긴이 추미란
발행인 박상근(至弘) • 편집인 류지호 • 상무이사 김상기 • 편집이사 양동민
책임편집 이상근 • 편집 김재호, 양민호, 김소영, 권순범 • 디자인 쿠담디자인
제작 김명환 • 마케팅 김대현, 정승채, 이선호 • 관리 윤정안
펴낸 곳 불광출판사 (03150) 서울시 종로구 우정국로 45-13, 3층
대표전화 02) 420-3200 편집부 02) 420-3300 팩시밀리 02) 420-3400
출판등록 제300-2009-130호(1979. 10. 10.)

ISBN 979-11-92476-10-0 (03850)

값 17,000원

잘못된 책은 구입하신 서점에서 바꾸어 드립니다.
독자의 의견을 기다립니다. www.bulkwang.co.kr
불광출판사는 (주)불광미디어의 단행본 브랜드입니다.